厨娘公主の美食外交録

藤春都

一二三文庫

目次

登場人物

羅麗月：崑崙の公主。永祥とは双子の兄妹
フリートヘルム：プロージャの大公（皇族）。全権公使も務める
李国慶：崑崙の直隷総督（総司令官）
聖太后：麗月、永祥の祖母。崑崙の実権を握る
羅永祥：崑崙の皇帝。麗月の双子の兄
安慈海：宦官。聖太后の側近
アンドロポフ伯：ルテニア全権公使
ウィルキンス卿：アルビオン全権公使
オータン＝スタール公：ガリア全権公使
モンロー教授：アメリゴ全権公使
福島：秋津洲全権公使
柴田中佐：秋津洲の軍人

序章　皇帝の百皿

皇帝の食卓には、毎日、百皿もの料理が並べられるのだという。

「燕窩火燻鴨肉絲（燕の巣と鴨の燻製の薄切り）、肥鶏火燻白菜（鶏の燻製と白菜）、清蒸鴨子糊猪肉喀爾沁攢肉（家鴨の塩茹でと豚肉）、鹿觔炮肉（焼いた鹿肉）……」

次々と挙げられる料理名を、幼い麗月はうっとりと聞いたものだった。

「きっと、みんなとても美味しいのでしょうね」

「もちろん。崑崙国でも最高の厨師（料理人）たちが全身全霊で拵えるのだから」

「最高の厨師が作った料理が、百皿も！」

きっと、どのお皿も宝石のようにきらきらと輝いているのだろう。

だって皇城におわす万歳爺……崑崙国の皇帝が召し上がるものなのだから。

「それにしても、毎日百皿だなんて、万歳爺は食いしん坊さんですね」

「いくら万歳爺といったって、百皿を全部食べられるわけがない」

首を傾げる麗月に、養父は苦笑した。

「好みの数皿にだけ口を付けて、残りはお妃やら宦官やらに下げ渡してやるのだ」

「全部召し上がらないなら、どうして毎日、百皿も作る必要があるのですか？」

「あの御方は毎日、卓の上に、この崑崙の国を描いておられるのだ」

養父の言葉に麗月は目を瞬かせた。

「たとえば茘枝（ライチ）は、すぐに悪くなってしまうから、南方からこの西京（さいきょう）まで早馬で運ばなくてはいけない。昔の皇帝陛下が南北を縦断する街道を整備したからできることだ。羊肉は商人たちが西から運んできている。他にも……」

崑崙の大地の実りが各地より馳せ参じて、百の料理となって一つの食卓に並ぶ。

それは麗月を何よりわくわくさせるものだった。

「では……万歳爺は、崑崙の外の食べ物はどのように召し上がるのですか？」

麗月の問いに、養父は困った顔をした。

「万歳爺はともかく、皇太后陛下はとにかく外国のものがお嫌いだからな……あの御方がいる間は、皇城で、外国の料理が卓に上ることはないのではないかな」

「万歳爺なら世界中の美味しいものを集めることもできるのに、もったいない」

その答えに、麗月はがっくりと肩を落としたのだった。

養父は麗月の頭をくしゃくしゃと撫でながら、

「お前はいずれ皇城に戻る日が来るかもしれない。そのときには、百皿のどれかを賜る機会もあるだろうさ」

爸爸（おとうさん）はおかしなことを言うものだと、その時は思った。

ただの街娘が皇城で皇帝と一緒に食事をする機会など、あるわけがないではないか。

「でも、もしも、お城に参内することができたら……」

麗月は目を輝かせて養父を見上げて、

「その時には、世界中の美味しいものでお皿を一杯にしてみたいです」

第一章　喰われる一歩手前

　皇城の厨房は、戦場さながらに忙しない。

　煉瓦造りの広い室内に、左右の壁に沿ってずらりと五十台もの竈(かまど)が並んで据え付けられている。皇帝、あるいは尊い皇族に献じる百皿の料理は、一台の竈で二皿ずつ作ることというしきたりがあるためだ。

　竈ごとに専属の上席の厨師(チュウシィ)がおり、下拵えをこなす下席の厨師や竈の火を絶やさないようにする雑役の宦官がおり、配膳係の宦官もいる。見渡すほど広い厨房ではあるが、百人以上が行き来するのでぶつからないようにするだけでも一苦労である。

　厨房に出入りするのはほとんどが男、あるいは元男だ。

　だが今、彼らの中に混じって華奢な人影がぴょこぴょこと跳ねている。

「そこの大根を取ってください」

「は、はい！」

　麗月の指示に、側に控える宦官が恭しく下拵えした大根の入った器を差し出す。

　十六歳になった麗月は、皇城の厨房にいた。

　成長しても背丈はあまり伸びなかったが、髪を高く結い上げているので、一見すると周囲の男たちとも伍(ご)して見える。ただし調理の邪魔になるので耳飾りと細い簪のみ、衣服も汚れても良い地味なものに白い上掛けを羽織っている。

「……では」

尊いお方のための料理を、失敗するわけにはいかない。

麗月は小さく気合いを入れてから、大根と茸を入れた鍋を火に掛けた。

薄切りにした大根と香りの良い茸を一緒に火に掛け、少ししんなりしたところで小麦粉を加えて、粉っぽさがなくなるまで弱火でさらに炒める。水と出汁を加えてことこと煮込み、大根が柔らかくなったら滑らかになるまですり潰し、調味料で味を整えて仕上げる。

身体に優しい、大根の濃湯(ノンタン)（ポタージュ）だ。

（そうそう、かりかりの臘肉(ラーロウ)（ベーコン）も忘れないようにしないと）

養父の食譜(レシピ)を頭の中で反芻する。

料理を教えてくれた爸爸(おとうさん)が実の父親でないことは麗月も承知していた。けれども実親が皇帝と皇后だとはさすがに想定外だった。

ある日突然、しかつめらしい顔の役人たちが市街のボロ家にやってきて、「あなたは先の皇帝のご落胤です」と告げられ、あれよあれよという間にこの皇城に連れてこられ……そして現在、厨房で養父に教わった通りに鍋を振っている。

（人生、何があるかわからないものだわ）

「……公主さま、よろしいのですか？」

横から小麦粉の入った小瓶を差し出しながら、宦官が不安げな顔で問いかけてきた。

「その……大根を、老仏爺（ラオフォイエ）にお出しするなどと」

「大根は以前も召し上がられて、老祖宗（ラオヅッオン）さまも気に入っていらっしゃいましたもの」

老仏爺、老祖宗とはそれぞれ〝みほとけさま〟〝ご先祖さま〟の意で、皇帝の祖母にあたる太后——聖太后のことだ。父祖を敬う崑崙国においては皇帝と同等、あるいはそれ以上に尊いお方である。

崑崙では大根は庶民の食べ物、あるいは家畜の食糧とされており、これまで宮廷料理で使われることはなかったものだ。

だから宦官が不安になるのも理解できるが、

「妾（わたし）たちのお役目は、老祖宗さまに精のつくものをお作りすることです。大根は消化を助けてくれる良い食べ物なのですよ」

（それに味だって、爸爸のようにちゃんと作ればとても美味しいものだもの）

麗月が自信たっぷりに請け負うと、宦官はようやく納得したようだ。

だが麗月がせっせと大根を炒めていたところ、今度は厨房の一角から怒鳴り声が聞こえてきた。

「銀耳（白木耳）がないとはどういうことだ⁉」

「そ、それが、三日前に納入されるはずだったのが、商人どもが……」

怒鳴っている老人は上席厨師のひとり、涙声で説明しているのは彼付きの若い下席厨師である。どうやら食材がまだ届いていないらしい。

銀耳とは白い花びらにも似た美しい茸だ。高級食材を惜しげもなく使えるところはさすが皇城の厨房と言えるが、

（さすがに今、確実に手に入るとは限らないでしょうね）

厨房には他にも何人か厨師がいるが、彼らは老人の剣幕を恐れて遠巻きに見つめるばかりだ。ましてや見習いや雑役夫たちが上席厨師に意見できるわけもない。

（……仕方ないわ）

ちょうど、大根に火が通ったところで鍋に出汁を流し入れたばかりだ。これからしばらく弱火で煮込まなくてはならないわけだが、逆に言えば、宦官に見張ってもらえば少し麗月が席を外しても大丈夫だろう。

宦官に火の番を頼んでから、麗月は老人たちに歩み寄る。

「食材が届いていないのは納入業者のせいで、あの者の責任ではないでしょうに」

「こ、公主さま……」

真っ赤な顔で怒鳴っていた老人は、麗月を見るなり慌てて石造りの床に平伏した。

「銀耳がないのは残念ですが、それならば他の食材で代用すれば良いことではありませんか」

「それはなりませぬ！」

　老人は平伏したまま、かっと目を見開いて叫んだ。

「私どもが勝手に食譜(レシピ)を書き換えることは、決して許されるものではありません！」

　市井の食堂と違い、皇城の厨房には厳しい決まり事がいくつもある。

　たとえば膳房（食事を作る部署）から皇族に献じられる料理はすべて食譜を記録しておき、厨師はそれをそっくりそのまま再現しなくてはならないというものだ。老人の言う通り、厨師が勝手に工夫することは本来は許されない。

「そんなに恐れずとも、以前に妾(わたし)が大根で煮物をお作りしたときも、老祖宗(ラオヅツォン)さまはちゃんと召し上がってくださいましたよ」

「……それは、公主さまだから大根でも許されるのです」

　老人はどこか恨みがましい目で麗月を見上げてきた。

　麗月はため息をつく。彼の言う通り、一介の厨師と前皇帝の娘では身分が違う。ただ下町から皇城に引き取られた麗月はいまだそのことに違和感があるけれども。

「では、あなたがたはしきたりに拠って、老祖宗さまに霞を食べさせるおつもりなのですか？」

どうやら銀耳(インアル)の他にも足らない食材は多いようで、老人の担当する竈の他にも、厨房にはまだ火の入っていない竈がいくつもあった。大根の濃湯(ノンタン)のほか何品かは準備できているが、これではとうてい足らない。

麗月の言葉に、居合わせた厨師たちがいっせいに居心地悪そうに目線を逸らす。

「洋鬼子(ヤンクイツ)どものせいで……」

誰かの呟きが耳に入った。

なぜ皇城で食材が足らない事態に陥っているのかと言えば、今が戦争中だからだ。

洋鬼子とは西洋人——崑崙の敵国人への蔑称である。

分厚い城壁の中までは戦況はあまり聞こえてこないが、出入りの商人たちの態度や配達がたびたび滞ることを考えれば、外は恐ろしい事態になっていると想像できる。

戦時下に銀耳がどうこうと揉めるなど、市街の人々が聞いたらあまりの能天気さに激怒するかもしれない。

しかし、ここでもだもだ厨師たちと言い合っていても仕方がない。

(戦争中だろうと、何事もなかろうと、お腹は空くのだもの)

それだけは庶民であろうと、崑崙でもっとも尊いお方であろうと変わらない。

「仕方ありません。妾(わたし)が商人たちの予定を確認してきます」

この老人たちにしきたりを破らせるのは難しいが、現在、手に入りそうな食材を確認することはできるだろう。彼らにはそれに合わせた料理にしてもらえばいい。

　老人たちがさらに何か言うより先に麗月はさっさと調理用の上掛けを脱いでしまう。

「公主さま！　今日は全員、自室で待機せよとの老仏爺（ラオフォイエ）のご命令が……」

「その老祖宗（ラオヅツォン）さまのお食事ですから、急用ではありませんか」

「で、ですが……」

「あなたは濃湯の仕上げをお願いしますね。前に作って見せた通りにお願いします」

　宦官にごく簡単に指示を出してから、麗月は厨房を抜け出した。

「ええと……外に行った方が話が早いわよね、きっと」

　崑崙の皇城は四方を城壁に囲まれていて、内部に建てられた宮殿はどれも凸だの凹だの不規則な構造をしており、その間に回廊が何本も渡されている。麗月が案内なしに歩き回れるのは、子供の頃に女官の目を盗んで冒険を繰り返してきた成果だ。

「……あ、そうだわ」

　結い上げた髪に手をやっておもむろに挿していた簪を引き抜く。

　崑崙では立場や身分ごとに簪の形状や本数が定められている。遠目にでも「公主がふらふら出歩いている」と見咎められてしまうと面倒だ。

　そうしてから、妃嬪や公主たちが暮らす宮殿の脇を足早に突っ切っていく。

（静かだわ……）

平時には妃嬪が優雅に歩き、早足で女官や宦官が行き交う回廊なのだが、戦争が始まってからはまばらとなり、今日に至っては宮殿の住人に自室待機が命じられているせいで人の気配すら感じられない。

薄暗い石畳の狭い通路を駆けてしばし、唐突に視界が明るくなった。

「あ……」

皇城は大きく分けて南北の二つの区画がある。

北側は内廷、すなわち皇帝とその家族の居住区だ。皇帝や聖太后の食事を作る膳房や、麗月の居室もこちらにある。

対して南側は外朝、つまり政や祭祀を行うための公的な場所だ。

建物はあまり多くなく、明灰色の石畳が目に眩しい、開けた空間である。

つまり麗月は内廷を抜けて外朝の端までやってきたわけだが、

「あれは……」

目の前に広がる光景に麗月は言葉を失った。

しきたりでは皇帝や大将軍しか通れないはずの南の午門が、今日は祭祀もないのに開いており、そこから見たこともない服を着た男たちがぞろぞろ大広場に雪崩れ込んできている。

「あれは西洋の軍、……よね」

西洋人は麗月も見たことがある。崑崙には二、三十年ほど前から頻繁に西洋人が来訪しており、皇城にも異教の宣教師が拝謁に来ていたからだ。

そして現在、崑崙は西洋諸国と戦争中である。

では目の前の――西洋人の群れが皇城に流れ込んでくる光景が意味するものは。

(崑崙は、敗けた……ということ?)

公主として皇城に引き取られてから、麗月も史書をいくつも読まされた。

城壁を突破されればもはや城に住まう人々が身を守る術はなく、先祖伝来の宝物を奪われ、女たちは拐かされ、豪華絢爛な城は火を放たれて無残に消える……。

「……そんな」

史書の落城の場面をいくつも思い出して背筋が凍る。

建物の陰で呆然としながらも、麗月は必死に目を凝らす。

今のところ西洋軍は隊列を組んで行進しているだけで、宮殿に我先にと突撃する様子は見えない。もっとも、いつ指揮官がそれを命じるかはわからないけれども。

「確か、あの模様はプロージャの国旗……」

隊列の先頭にいる者が掲げている旗が目に入る。

よく見れば旗は他にもある。

「紅白は秋津洲、青地に星がアメリゴ、十字がアルビオン、三色はガリア……」

数えてみると旗は全部で八種類あった。

となれば、あの軍団は八カ国ぶんの兵士が入り混じっているということか。

「国が八つも、徒党を組んで崑崙に攻めてくるだなんて……」

いったい外の世界では何が起きていたのだろう。どうして崑崙国が西洋諸国に敗けるようなことになったのだろう。

「――――‼」

そこで、麗月は目を見開いた。

「いやはや、御伽噺の城に迷い込んだ気分です」

「これがアレだろ、『東方見聞録』に書いてあった東洋の城ってやつ」

「あの本に書いてあるのは秋津洲のことですよ。もっと東に行かないとダメです」

（……プロージャ語だわ）

どうやら隊列から離れて、城内を好き勝手に歩いている西洋人の兵がいるようだ。

彼らは益体もないことを口々に言いながらこちらに近づいてくる。

「それにしても静かですね。降伏直後ならもっと混乱してると思ってました」

「女帝(カイザリン)の威光は、この城の中ではまだ健在ということだろうな」

（〝降伏〟……ああ、本当に）

彼らの言葉から、麗月はさきほどの推測が事実だと知った。

これは後からわかったことだが、八カ国連合軍に降伏の使者が遣わされたのは一昨日、敵軍が皇城に突入してくる寸前だった。征服者として西洋軍が入城してくることを聖太后をはじめ城の主だった者たちは承知していたが、麗月のような無位の公主や使用人には混乱を避けるために、ただ「自室待機」とだけ命じられていたのだ。

むろんこの時点で麗月はそんなことは知らず、物陰で必死で聞き耳を立てている。

(今すぐに逃げ……いえ、これは絶好の機会だわ)

きわめて危険だが、彼らの話を聞いていればこれからの自分たちの運命……八カ国の軍が皇城でどう振る舞うのかがわかるかもしれない。

意を決して、麗月は隅に積み上げてあった木箱に隠れてさらに聞き耳を立てた。

「よくもまあ、城じゅうにこんなに細工をちまちまと……」

「まったくです。でも、大公殿下はあんな建物は見慣れてますかね？」

「帝宮(ホーフブルク)と様式は違うが、古臭いのはどちらも同じだな」

あまり役に立つことは話していない。もうちょっと重要なこと……これからの予定について喋りなさい！　と内心で叫ぶ麗月である。

会話に意識を集中するあまり、麗月は兵たちの表情の変化に気づかなかった。

不意に、兵のひとりが足を止める。

「どうしたんです、大公殿下？」

「隠れているのはわかっている」

彼はこちらに向かって声を張り上げてきた。

「隠れたままでいるならば危険要素とみなして排除する。両手を上げてそこから出てこい」

がちんと金属が鳴った。腰から拳銃を抜いて撃鉄（ハンマー）を起こす音だ。

こちらに向けられた銃口の、奥の虚（うろ）まで見えた気がした。

（……これは、見逃してはもらえないわよね……）

おとなしく出て行くべきか、それとも一瞬の隙をついて逃げ出すか。

だが、すぐに出てこない麗月にあちらは苛立ったようだ。ずかずかと大股で近づいてきて、銃を構えたまま木箱の中から麗月を引きずり出そうとする。

「出ます、自分で出られます‼」

荷物よろしくつまみ上げられる寸前に、麗月は慌てて木箱から這い出たのだった。

小柄な麗月を見下ろして、兵たちも少し戸惑ったようだ。

「……子供？　小間使い（ディーンストメートヒェン）か何かですかね？」

「いえ、妾（わたし）は……」

反射的に返事をしかけるが、彼らは怪訝な顔をしただけだった。

（そうか、この人たちは崑崙語がわからないんだわ）

「皇族に何か用事でも言いつけられたか、迷ってここまで来てしまったのか……」

「どうします？　こんな子供じゃ、別に……」

「止めろ、ここは皇城の中だ。軍規違反は後で問題になる」

彼らは麗月を見下ろしてプロージャ語で何やら言い合っている。銃口は向けられたままだがどうやらすぐに撃たれることはなさそうだ。

麗月はプロージャ語ができるので、改めて彼らに話しかけても良いのだが、

（……このまま、下女のフリをしておいたほうが良さそうね）

調理用の地味な服を着ていたのと、公主の簪を外していたのが幸いした。子供扱いされたのは気に食わないが、ならばと麗月も遠慮なくじろじろ男たちを見上げる。

西洋人を見たことはあるが、目の前の〝大公殿下〟は麗月も初めて見る色彩だった。

背が高く、白皙(はくせき)人種らしく肌は白い。透き通った青の瞳に、

「金色の髪の人間がいるだなんて……」

小柄な麗月が見上げると、さらさらした金髪は陽光を透かして黄金の冠のようだ。

（……万歳爺(ワンスィイエ)と同じ色だわ）

崑崙において、黄色の衣は皇帝しか身につけることが許されない。まさか、生まれながらにしてその色を持つ人間がいるだなんて。

「良いか、すぐ仕事場に戻って、私たちに会ったことは決して口外しないよう……」

「大公殿下、言っても通じやしませんよ」

同僚に指摘されて、金髪の青年は秀麗な顔に眉を寄せる。

しばし考え込んだ顔をしてから、青年は懐から何やら取り出した。

「これをやるから、食ったらあちらに戻れ」

身振り手振りで内廷を指差してくる。よほど自分にさっさと去って欲しいようだが、

（いったい何をくださるというのかしら？）

強引に手のひらに押し付けられた包みを、麗月はおそるおそる開いてみた。

（……これは）

「西洋の餅乾(ビスケット)ではないですか！」

蝋引きされた紙に包まれていたのは、本で読んだ西洋の焼き菓子だった。

ビスケット、プロージャ語ではビスクヴィートといったか。焼き菓子は日持ちするので、糧食の予備として持ち歩いていたのだろう。

ただし西洋ではありふれた菓子でも崑崙人の麗月にはおよそ手に入れることのできない貴重品だ。宣教師が皇城に持ち込んだ本によく出てくるので、一度、本場のものを食べてみたくて仕方なかった。

（まさか、こんなところで手に入るだなんて！）

思わず敵兵のど真ん前という状況も忘れてうきうき懐に餅乾をしまう麗月を、西洋

人が呆れた目で見下ろしていたが、今はそれすらも気にならない。

（……もう逃げたほうがいいわね）

金髪の青年は「しっしっ」とあからさまに追い払う仕草をしている。西洋軍の予定を聞き出せなかったのは惜しいが、下女のフリで留まるのはこれが限界だろう。

「…………」

わざと子供っぽい動きで一礼して、ぱたぱたと内廷に向かって駆け出す。やっと小間使いを追い払うことができたと、後ろで兵たちが安堵のため息をついたようだ。

（崑崙は敗けた、なら妾たちはどうしたら……）

知りたいこと、考えるべきことがぐるぐると頭の中を回る。

だが、すぐに麗月は目を丸くして足を止めた。

「――公主さまっ……！」

建物の陰から息を切らして飛び出してきたのは、厨房にいるはずの若い宦官だ。

「あなた、濃湯の仕上げはどうしたので……」

「そ、それどころではありません！」

麗月の背後に西洋兵の姿を見つけて宦官は「ひっ」と小さく呻いたが、それより重要なことがあると麗月に訴えてくる。

「老仏爺がお呼びです。すぐに支度を整えて養心殿に参るようにと」

「……老祖宗（ラオヅォン）さまが？」

宦官の言葉に麗月も表情を強張らせた。

聖太后からの呼び出しなど麗月が皇城に引き取られてからただの一度もなかったことだ。崑崙そのものが滅亡しそうな今になって、なぜだろうか。

「……あの、まだ食材の到着を確認していないのですけど……」

「老仏爺（ラオフォイエ）をお待たせするなんて、そんな恐ろしいことを言わないでくださいよ！」

踵を返して走り出した宦官を、麗月は慌てて追いかける。


ふたりが内廷へと駆け戻る、その後ろ姿を、兵士たちが眺めている。

「お迎えがいたんですね。携帯食までやることはなかったじゃないですか」

「せっかくの崑崙の後宮（ハレム）の女だってのに、あんな子供（ガキ）じゃ……」

好色な目を隠そうともしない男たちの中で、金髪の青年だけが怪訝な顔だ。

「……今、〝公主〟と聞こえなかったか？」

*

崑崙の皇帝は、麗月の兄・永祥（えいしょう）である。

ただし実際に政を取り仕切っているのは、兄妹の祖母にあたる聖太后だ。

先祖を敬うべしとされる崑崙では、たとえ皇帝といえども父祖……父母、一族の長老格の言葉においそれと逆らうことはできない。ましてや皇帝が十代半ばの、政治経験もろくにない少年ではなおさらである。

八カ国連合軍に降伏し、軍団に土足で踏み込まれてもなお、そのしきたりが変わる気配はないようだ。

ともあれ麗月は宦官と女官たちに急かされながら衣装と簪を公主に相応しいものに替えて、聖太后の待つ養心殿に足を踏み入れた。

御前で叩頭（床に額を打ち付ける礼）してから、麗月はゆっくりと顔を上げる。

「面を上げよ」

（老祖宗さまは、こんなお顔だったのね）

実の祖母であり、厨房で食事をお作りしているにも関わらず、麗月がこうして聖太后のお顔を拝見することは滅多にない。料理を運ぶのは宦官の役目なので、麗月は空になって戻ってくる皿にひそかに安堵するだけだ。

対面するのは公主として皇城に引き取られて以来だから、ほぼ八年ぶりになる。

（毎日きちんと召し上がられているし、お元気だとは知っていたけれど……）

聖太后は七十歳を超える高齢のはずだが、それよりずいぶん若々しく見える。

礼冠には無数の宝石と真珠がきらめき、黄色の衣には龍の刺繍、椅子の彫り物もそれに負けない精緻さだ。けれどもそれらは豪華すぎて、まるで布や宝石の隙間から顔だけ覗いているように見えた。

玉座の横には銀製の皿覆いが置いてある。

皇城には、皇帝や聖太后の食堂といったものがない。彼らが「今、食べたい」と言えば、そのとき居た場所が食卓となるのである。おそらく執務室に点心（軽食）でも運ばせてつまんでいたのだろう。

（この匂いは、胡桃ね）

聖太后は美容と健康のため食事にも非常に気を使っている。胡桃は腎臓に良いので、女官に殻を割らせて一緒に食べていたようだ。

ともあれ麗月が来たので、女官が急いで点心の載った皿や食べ残しを片付けている。

（いったい、妾に何を仰るのかしら……？）

まずは西洋軍に降伏の使者が遣わされたことを、女官からごく簡単に説明される。

そして麗月や女官たちがごくりと息を飲む前で、聖太后がおもむろに口を開いた。

「二十日後、予は、外つ国の公使たちと会議を行う」

（会議……）

首を傾げたところで、聖太后付きの女官が横から補足してくれる。

「公使とは西洋の王の名代のことです。老仏爺は、西洋の八カ国と新たな条約を結ぶための会議にご臨席されると仰っています」

「は、はい」

麗月は慌てて頷いたが、今まで縁のなかった政治の話に頭の中は大混乱だ。

「条約の交渉は、本来は総理衙門（外交を担当する官庁）の仕事だが……異人どもが予でなければ納得せぬと、史了が泣きついてきた。気は進まぬが、異国の客人をもてなすのも務めと思えば出てやらねばなるまいよ」

史了は字で、本名は李国慶。崑崙の直隷総督（総司令官）のことだ。

（ええと……八カ国というのは、崑崙が降伏した相手のことよね）

聖太后や女官たちの言葉は、体裁を取り繕ってあるのでとにかくわかりづらい。

現代において、国同士の戦争では勝者と敗者の間で講和条約を結ぶのが普通である。だが崑崙側はすでに降伏したのだから、この国を煮るも焼くも西洋人たちの思うまのはずだ。八カ国が何を要求して来ようと……それこそ皇城を焼き払おうと、崑崙側は受け入れるほかない。

（そんなものが〝会議〟と言えるのかしら？）

「麗月、そなたは予の女官として異人どもの言葉を崑崙語に訳して予に伝えよ」

考え込んでいた麗月は、聖太后の言葉に目を瞬かせた。

「――お、恐れながら、老仏爺（ラオフォイエ）！」

麗月より先に声を発したのは聖太后付きの女官のひとりだ。

「公主さまは……そ、その、不吉の子です！　重要な会議の場にお連れして、もしも、取り返しのつかないことになれば……！」

聖太后に小声で耳打ちしているようだが、残念ながら麗月まで丸聞こえである。

（ああ……また、そのことなの）

聞き飽きた台詞ではあるがげんなりとした。

麗月と現皇帝の永祥は、双子の兄妹だ。

崑崙には古くから「双子は不吉である」という言い伝えがある。同い年の子供がいると家督で揉めることが多いせいだと麗月は思っているが、皇太子に何かあってはならぬと、当時の皇帝や大臣は大真面目に「災いを避ける方法」を考えたらしい。

結果、生まれたのは皇子のみで、女児はそもそもいないことにされたのだった。

その女児こと麗月はひそかに市街で食堂を営む老夫婦に養育されていたが、先代が崩御して兄が即位した際に身分を回復した。だが皇城に戻されて八年経った今もなお、麗月を「不吉な子」と恐れる者は多い。

（妾（わたし）が不吉というなら、万歳爺（ワンスイイエ）にも同じことを言ってみればいいのだわ）

「ほう。そなたは、麗月を相応しいと考えたこの予が間違っていると言うのか？」

「ら、老仏爺のお考えに誤りなど、決して……！」

ぎろりと聖太后に睨まれたその女官は、へなへなと床にへたり込んでしまった。

聖太后はいささか苛立った声で、

「この一大事にそのようなことを言うておる場合ではない。だいたい、そなたらは誰ひとり、プロージャ語を解さぬではないか」

女官たちが顔を真っ青にする横で、ようやく麗月も納得がいった。

プロージャ語は西洋の事実上の公用語だから、件の会議もプロージャ語で行われるはずだ。

総理衙門にはプロージャ語を使える者もいるだろうが、内廷の女に皇帝以外の男が近づくことは許されないので、役人では聖太后に近づいて耳打ちできない。さりとて内廷の女官や宦官に外国語に通じた者はまずいない。

女であり、プロージャ語に堪能であり、聖太后の側に控えるに相応しい身分の者。

（その条件なら確かに当てはまるのは妾だけだわ）

そして麗月はふたたび、うやうやしく床に額を打ち付けた。

「――老祖宗（ラオヅツォン）さまの御心のままに」

〝老祖宗さま〟のところを少々大きい声で言うくらいの嫌味は許されるだろう。聖太后の血を引いているのは、この場では直系皇族の麗月だけである。

「うむ」

麗月の態度に、聖太后は満足したようだった。

「そなたも知っておろうが、今、この崑崙の国は大きな危機を迎えている」

「……はい」

「だが、崑崙の誇りが失われることがあってはならぬ。太祖さまの代より……いや、この地に崑崙という国が興ってから四千年、この地の営みのあり方を、我らが汚すことがあってはならぬ」

聖太后の言葉は、歴史ある養心殿に朗々と響く。

「そのためにはいかなる労も惜しんではならぬ。崑崙の物力を量りて、與国の歓心を結べ」

麗月と女官たちはいっせいに深々と頭を下げた。

＊

降伏からの二十日間、少なくとも皇城の中は静かだった。

崑崙が八カ国連合軍に降伏したことが全員に通達された後、皇帝をはじめ皇城に住まう者たちは城外に出ることを禁止され、城内の各所に西洋兵の見張りが置かれた。

ただし前述の通り内廷は入り組んでいるので、厨房にいる限り、目に映る風景はこれまでとさほど変わらない。

あの日に入城してきた軍は数日後にはほとんどが退去した。

理由は単純で、城内にあれだけの兵を収容する施設がないからだ。

宦官に話を聞いたところでは、西洋軍は崑崙国の首都・西京市を丸ごと占領下に置いており、内外の兵舎を片っ端から接収したそうだ。皇城から出ていっただけでまだあの大軍は目と鼻の先にいるのだ。

宮殿の屋根という屋根に国旗を立てて回ったり、内部を軍靴で歩き回って宝物庫の鍵がないと宦官を脅した者もいたが、おおむね規律が取れていたと言えるだろう。どうやら一カ国が抜け駆けしないよう八カ国どうしで見張り合っていたらしい。

(せっかく勝ったのだもの、獲物の分け方はちゃんと考えないといけないわよね)

ともあれ城壁越しに銃と大砲の気配を感じながら、皇城の人々は息をひそめて西洋人たちの沙汰を待つ日々を送ったのだった。

そして今日、ふたたび皇城に西洋人がやってくる。

なぜ降伏から講和会議まで二十日もかかるのかと思ったが、西洋の本国から全権公使が到着するのを待っていたらしい。兵を率いているのはあくまで将官であり、外交に関する権限は持たないのだそうだ。

「この部屋はいったい……」

「西洋では会議とはこのように行うものだそうだ。まったく、理解しかねる」

思わず口にした麗月に、聖太后も吐き捨てるように呟いた。

西洋の公使たちとの〝会議〟は乾清宮(けんせいきゅう)で行われる手筈だ。皇帝が日常的な政務を執り行うほか、臣下や外国使節との会見に使われる宮殿である。

外国使節が皇帝に拝謁するときには、叩頭して皇帝の言葉を賜るのがしきたりだ。

だが会議のために整えられた部屋はあまりに様相が違っていた。

（円(まる)い卓……？）

窓枠から調度品まで、崑崙美術の粋を集めた美しい部屋だ。

だが部屋の中央に運び込まれた大きな円形の卓のせいで、室内の調和も台無しである。漆や螺鈿が施された美しい卓なのにもったいない。

円卓に用意された椅子は八つ、さらに卓から離れた場所には衝立が置かれて、奥に聖太后の玉座が用意されている。

（そうか、老祖宗(ラオヅツォン)さまは公使たちと同じ席には着けないから）

崑崙のしきたりでは聖太后は男（公使）たちにみだりに顔を見せることはできず、同じ席につくこともできない。衝立は、聖太后を会議に参加させるための苦肉の策らしかった。

そのほか室内には宦官や役人も数名、壁際に控えている。

中には冠に孔雀の羽を二枚飾っている老人もいた。二枚の羽根を飾れるのは一品（一位）の大臣だけなので、彼が直隷総督・李国慶だとわかる。

（……あら？）

「老祖宗さま……万歳爺（ワンスイイエ）は、どちらにいらっしゃるのですか？」

聖太后はともかく永祥は男なのだから、公使たちに顔を見せても良いはずだ。だが皇帝の玉座が見当たらない。

「あれはまだ幼い。異人どもを間近で見たら、泣き出してしまうではないか」

麗月は唖然とした。

即位当時、永祥はまだ八歳だった。前皇后（永祥の生母）も没していたため、祖母にあたる聖太后が摂政という形で政を行うのに誰も反対はしなかった。

だが永祥ももう十六歳である。

ましてや双子、つまり永祥と同い年の麗月を通訳に動員しておきながら、「まだ子供だから」では筋が通らない。

（……つまり老祖宗さまは、万歳爺をこの会議に参加させるつもりはないのね）

そこで、宦官がうやうやしい仕草で扉を開いた。

（あれが、西洋の公使たち……）

衝立の隙間から、麗月は入室してくる公使たちを観察する。

おしなべて西洋人は崑崙人より背が高いものらしい。西洋人というだけで同じ顔に見えるのに、揃いも揃って黒一色の西装(スーツ)を着ている。それぞれ違う色の冠でも被っていて欲しかったと、衝立の奥から麗月は毒づいた。

(……いいえ、東洋人も一人だけいるわね)

西洋人に混じって崑崙人とよく似た風貌の男がいる。あれが秋津洲の公使だろう。公使たちは崑崙の調度品が珍しいらしく、子供のようにきょろきょろ室内を見回している。

衝立の奥に聖太后がいることは承知しているだろうに、誰ひとりとして叩頭はおろか、ただ頭を下げることすらしなかった。

本来、皇城では許されないことだが、

(崑崙(わたしたち)は、敗けたのだものね……)

征服者が敗者に頭を下げることなどあり得ない。

西洋人を見るたびに敗北という事実を突きつけられる。

「……これで七人」

どうやら聖太后も人数を数えているようで、小さく呟いている。

最後の一人はやや遅れて乾清宮にやってきた。

（あの方は……！）

衝立の奥で麗月は目を見開いた。

公使の中でもひときわ背が高く、若く、生まれながらにして黄金の冠を戴く男。

以前に麗月が出くわした〝大公殿下〟だ。

（〝大公（エルツヘルツォーク）〟……あ‼）

崑崙と同じように西洋諸国にも様々な称号（タイトル）がある。確か、プロージャ帝国の皇族に〝大公〟の称号が与えられるはずだ。あまり見かけないので、すっかり忘れていた。

（ということは、あの方はプロージャの皇族！）

その大公はといえば衝立の奥の麗月にはむろん気づくこともなく、険しい目で他の公使たちを見つめている。調度品にはまるで興味がないらしい。

「そのように男を食い入るような目で見るものではない」

「は、はい」

衝立の隙間から目を凝らしていた麗月は、聖太后に叱られて慌てて姿勢を正した。

八人の公使は円い卓を囲んでそれぞれ着席する。そういえば円卓だと上座と下座の区別がつかないなと麗月は思った。

貴客が揃ったところで宦官たちが音もなく入室して茶と菓子を並べていく。

茶杯（ティーカップ）と小皿には精緻な薔薇の絵が描かれている。これまで皇城で西洋の陶磁器を用いることはなかったが、今回、西洋から公使を迎えるにあたって役人たちがどうにか舶来品の茶器を見繕ってきたようだ。

公使たちは湯気を立てる茶をしばし警戒して見つめてから、おずおずと口をつけ、

「……何だ、これは」

誰からともなく呻くのが聞こえた。

「麗月。あの者は何と言ったのだ」

「は、はい。〝これはいったい何だろう〟と……茶が口に合わなかったようです」

慌てて麗月が耳打ちすると、聖太后は薄く笑った。

「今日、あの者たちに出してやったのは、丙年(ひのえ)に福沙から届いた茶だ。——それを不味いとは、外つ国の者どもは茶の味もろくにわからぬと見える」

福沙は名高い茶の産地だから、確かに崑崙では最高級品だが、

(……西洋の杯(カップ)に崑崙茶が入っていたら、それは戸惑うでしょうね)

この部屋と同じく、茶すらもちぐはぐだ。

「まったく、茶の味も知らぬ異人どもを、予がもてなさねばならぬとは」

「…………」

苦々しく呟く聖太后に、麗月は何も言えずに黙り込むしかなかった。

公使たちが顔を見合わせて失笑するなか、大公は餅乾(ビスケット)を摘んでいる。

「……？」

訝るとがりっと硬い音がする餅乾に、彼はあからさまに額に皺を寄せていた。

「──さて、皆様、お揃いですな」

やがて公使のひとりがプロージャ語で声を張り上げた。

片眼鏡をかけていかにも切れ者といった風貌をした、壮年の西洋人である。

「我らはそれぞれ異なる国の人間であります。ですが、この崑崙における同胞の権利と生命を守るべく一致団結したものであります。今日、この西京の地でこの八人が一堂に会することができたことは──」

どうやら会議が始まるようだ。

麗月も衝立の向こうの会話に全神経を集中して、公使の発言を聞き逃すまいとする。

「アンドロポフ伯」

いきなり男の発言を遮ったのは、あの大公だった。

「我々の中には初対面の者も多い。まずは、お互いの名を知るべきでしょう」

（ありがとう、ありがとうございます、大公！）

衝立の陰で誰が誰だかわからず頭を抱えていた麗月も心の中で大賛成した。

「それもそうですな。まあ私はいきなり大公殿下から名指しされてしまいましたが」

そして男はルテニア公使、セルゲイ・アレクサンドロヴィチ・アンドロポフと名乗った。

(北から、ルテニアの軍も攻めてきていたのね……)

ルテニアは崑崙の北に位置する大国で、古くから山河を挟んで睨み合う相手である。

八人の公使たちはアンドロポフ伯に倣って次々に名乗りを上げていく。

(アルビオン、ガリア、アメリゴ、サルディーニャ、エスパーニャ、秋津洲……)

本で読んだことはあっても、どのくらい遠いのか見当もつかない西洋の国々。

彼らの言葉を必死で訳しているというだけでも奇妙な気分だ。

そして最後に大公の番が回ってきた。

「フリートヘルム・マクシミリアン・フォン・バーデン」

味も素っ気もない声で、淡々とプロージャの大公は名乗った。

(あの方はフリートヘルム……それにしても西洋人は名前が長くて大変そうだわ)

思わず失礼なことを考える麗月である。

「貴卿らもご承知のことと思いますが、私はもとより軍務で西京市の公使館に勤務しておりましたので。陛下に電信で奏上して、引き続き全権公使の任も授かりました」

どこか皮肉めいた言い回しに、公使の数名が薄く笑ったようだった。

言われてみればフリートヘルムは崑崙が降伏した直後に皇城にいた。ほとんどの国は新たに全権公使を送り込んできたが、プロージャだけは彼にそのまま公使の役目も任せたらしい。

（皇族が現地にいるのだもの、確かにその方が手っ取り早いわ）

その合理性と偶然によって、麗月は衝立越しに彼と再会することになったわけだが。

「さて今回の件ですが、我が国の要求は――」

「その前にまずは開城に至るまでの経緯を確認したい。特に西京市街の戦闘に関しては、私から改めて詳細を説明させていただく」

またもやアンドロポフ伯の発言をフリートヘルムが遮った。

麗月から見ても、どうもこの二人は相性が最悪のようである。

「大公殿下の仰る通り、まずは情報の共有が必要ですな」

他の公使もフリートヘルムに同調したのでアンドロポフ伯は小さく舌打ちした。

そのやりとりを訳しながら麗月は内心で首を傾げる。

（西洋の方々はともかく……崑崙（わたしたち）まで、それを聞いて良いのかしら？）

この場には八人の公使だけではなく、聖太后もいるのに。

いや、逆なのかもしれない。さきほど全員に自己紹介させたことといい、フリートヘルムは誰かに聞かせるように会議を進めている。

「では――」

そして麗月は、ようやく城壁の外で何が起こっていたのか知ることになった。

問題は、ここ数十年ほどの間に西洋からの来訪者が激増したことから始まる。

大陸の中原を支配する大国・崑崙と、西方に位置する国々は、別の神を信仰していることもあって元々あまり交流はなかった。たまに西方の使者が来て皇帝に拝謁したという記録が残っているくらいである。

だが近年、彼らは鉄道を発明し、大洋を横断する船を建造し、世界各地に乗り出し始めた。

崑崙はそこでふたたび〝西洋〟と相対することになる。

（でも、崑崙は、西洋がそこまで様変わりしていたとは知らなかった……）

崑崙の皇帝は代々、異邦からの来訪者には寛容だったので、今回も西洋人にはある種の保護を与えていた。だが今回は人数と規模が桁違いだったのだ。

少数ならば〝物珍しい旅人〟でも、集団で押しかけて来られれば驚異と映る。

西洋人が崑崙で事業を始めれば、崑崙人は「自分の仕事が奪われた」と感じる。彼らに皇帝が保護を与えていることにも「万歳爺（ワンスイイエ）の威光を傘にきて威張っている」と憤る。一方で西洋人の側も、崑崙人を「ろくに文明化されていない蒙昧（もうまい）の民」と蔑んで阿漕（あこぎ）な商売をしまくったから、両者が相容れないのは当然だった。

西洋人が倍増するにつれて、崑崙人との揉め事は累乗で増えていった。

(民の不満が溜まっていって、そして……)

きっかけは、去年が日照り続きで旱魃だったことのようだ。

誰かがそれを「西洋人がこの大地を荒らしたから、神が怒ったのだ」と言い始めた。

(――そして、各地で西洋人が襲われる事件が起きた)

暴力の嵐はたちまち崑崙全土に広がり、西洋人の排斥運動へと発展した。

だが、この時点ではあくまで「崑崙国内の事件」だった。

「西京市内のプロージャ公使館の者が最初に襲われたのが、七月十三日です」

衝立の向こうでフリートヘルムが他の公使たちに説明している。

西洋諸国とのやりとりが増えるに従って、近年、皇城のほど近くに各国の公使館が設置されるようになっていた。崑崙国内の同胞の保護や総理衙門との交渉を行う機関で、要は崑崙在住の西洋人の総元締である。

排斥運動が各国の公使館に飛び火するのは当然の流れだった。

(公使とは、国王の名代だから……)

先日の女官の説明が頭をよぎる。

公使を襲うということは、外国の国王を襲うに等しい。むろん暴動の参加者のほとんどは庶民で、そんな外交上の約束事は知らなかったのだろうけれど。

――ここから先はもう、坂道を転がり落ちるようなものだった。

当然、西洋諸国は猛抗議してくるが、自国民……それも「西洋人から国を守ろうとした」民をすべて処刑せよと言われては、崑崙側も躊躇する。ならばと西洋諸国は報復のために軍艦を送り込んできて、崑崙も宣戦布告して対抗する。

こうして崑崙と八カ国軍連合との戦争が始まった。

だが崑崙は、ここに至ってもなお西洋のことを正しく把握していなかった。

知らぬ間に西洋の火器は凄まじい進化を遂げていた。海軍は西洋の軍艦に次々と沈められ、砦は大砲の前にあっけなく陥落した。崑崙軍は数こそ多いがそのほとんどは農家出身の義勇兵であり、鋤や鍬で戦おうとしても歯が立つわけがない。

八カ国連合軍は各地の港を制圧したのち合流、一気に北上して首都・西京市の城壁を突破。

皇城まで踏み込まれる寸前に降伏の使者が送られ——そして、今日に至る。

八人の公使が口々に言い合うのを聖太后は黙って聞いている。

聖太后にとっては己の失敗を片っ端から詰られるに等しいはずだ。当初は西洋人に保護を与えたのも、戦力差を把握せぬまま宣戦布告の詔(みことのり)を出して戦争を始めたのも、みな聖太后がやったことなのだから。

（……何をお考えなのかしら）

通訳する麗月の方が聖太后を糾弾しているようで気が気でないというのに。

「さて、他に何か、確認するべきことはありますかな？」

アンドロポフ伯の発言に、公使たちは一様に首を横に振った。

「では今日の本題に入らせていただきましょう。――今回の戦争の賠償として、我がルテニアは崑崙に、金一億三千万両と、東北三省の租借を要求するべきだと考えております」

「何ですって⁉」

アンドロポフ伯に反射的に声を上げてしまったのは、衝立の奥の麗月である。

幸い小声ですんだので、公使たちに聞き咎められることはなかったようだ。ただし聖太后には「静かにおし」と睨まれてしまった。

（大金なんてものでは……それに、東北三省ですって？）

訳しながら一瞬、聞き間違いかと思ったくらいだ。

崑崙国は二十三の省（地方領）から構成される。それを三つ寄越せと、まるで子供が柑橘でも分け合うかのごとくアンドロポフ伯は言ってのけた。

「一億三千万両と仰るが、この国にそれだけの支払い能力があると思われるので？」

アンドロポフ伯に反論したのは唯一の東洋人、秋津洲の福島（ふくしま）公使だ。

「あるでしょう。――この絢爛豪華な宮殿をご覧になればよろしい」

芝居がかった仕草でアンドロポフ伯は乾清宮の装飾を示したのだった。

この皇城は代々の皇帝が作り上げてきた巨大な芸術品でもあり、その値段など考えたこともなかったが、もしや一億三千万両で売られてしまうのだろうか。

(……いえ、違う。勝ったのはルテニアだけじゃない、あと七カ国あるんだわ)

「ルテニアが東北三省ならば、我がアルビオンは江東、青南、遼をいただきたい」

「いや、貴国の軍艦は確か江北の港に停泊しているはず。ならば江東よりもそちらの租借権を優先するべきだろう。我がガリアは――」

公使たちが口々に崑崙の地名を連呼し始めた。

(崑崙には、省は二十三しかないのだけど……)

各国がそれぞれ三つの省を要求してくるとして、八カ国いるから、全部で二十四省。崑崙がまったく残らないどころか一省ぶん足らない。

(……無茶苦茶だわ)

頭がくらくらしてきた。

(あそこが欲しい、ここが欲しいと、駄菓子を取り合う子供ではあるまいし!)

彼らが取り合っているのは菓子ではなく崑崙の民が暮らす大地なのだ。

「あのー、租借地の候補より先に賠償金の大枠だけでも先に決めませんか。崑崙の支払い能力を超えた金額を要求したところで、クズ紙を量産するだけですし」

別のことを言い始めた公使もいる。

ただ結局のところは、崑崙から土地を奪うか、金を奪うかという話でしかないが。

「まず崑崙に省ごとの税収を提出させるべきだ。それに基づいて分配を検討……」

複数の公使が同時に発言するものだから、衝立の奥で通訳する麗月も大混乱だ。せめてもの救いは聖太后が何も尋ねてこないことだろうか。

（ああ……〝会議〟とは、こういう意味だったのね）

麗月にもようやく納得がいった。

崑崙と八カ国が話し合うのではなく、西洋の国どうしが言い争う場だったのだ。

（でも、ならば崑崙（わたしたち）はどうしたら……）

「――もうよい！」

ずっと黙っていた聖太后が、唐突に声を発した。

重たい黄色の衣装の裾を払いのけるようにして玉座から立ち上がる。

「ら、老祖宗（ラオヅッオン）さま、どちらに……！」

「異人どもの鳴き声はうるさくて聞くに耐えぬ。そなたたちの希望はよくわかったと、あの者どもに伝えよ！」

そこで音もなく人影が現れてすっと聖太后と麗月の間に割って入った。聖太后にもっとも近しい側近で、安慈海（あんじかい）という宦官だ。

安慈海に背を支えさせて聖太后は衝立の奥の扉から出て行こうとする。

「ですが、これは国の講和会議で……」

「女官風情が、予に意見するか！」

部屋の隅に控えていた宦官たちも慌てふためいているが、彼らは聖太后に諫言するという選択肢を持たない。宦官たちの間で素早く耳打ちがなされて、聖太后が居室にお戻りになるとの先触れを発しに行く。

公使たちも雰囲気から事情を察したようで、顔を見合わせて会議を一時中断した。

「一応は講和条約なのに、崑崙の代表者が真っ先にいなくなるとは……」

「今日の話を聞いてなお退席するなら、どのみち女帝（カイザリン）ではお話になりますまい」

鼻で笑ったのはアンドロポフ伯である。

（……そうか、さっきの話は老祖宗（ラオヅッオン）さまにお聞かせするつもりで話してたんだわ）

おそらくフリートヘルムは聖太后まで正確な情報が伝わっていないと危惧したのだろう。叱責を恐れるあまり自分の失敗を隠して報告するのはよくある話だ。

しかし敗戦に至る状況を聞かされてもなお、聖太后は西洋に向き合おうとしない。

（……どうしたらいいのかしら）

処罰を覚悟で聖太后にもう一度、強く言うか、それとも自分だけでもこの場に残るか。いや、ただの公主の自分には何の権限もありはしない。

――結局、ひょこひょこと西洋人の前に歩み出たのは二枚羽根の冠の老人だった。

「老仏爺(ラオフォイエ)におかれましては、今日はお身体の具合が優れないとのことでしてな」

李国慶は大臣として何度も洋行した経験があり、プロージャ語にも堪能だ。こちらは通訳は必要なさそうだが、

「……貴公が李将軍(ゲネラル・リー)か」

フリートヘルムが苦い顔で呻いた。

「貴公がいながら、この体たらくは何だ⁉　この崑崙の処遇を決める会議で、当の女帝が中座するとは何事か！」

「大公殿下のお怒りはごもっともにございます。ですが、老仏爺はご高齢であられることを、どうかご配慮いただきたく……」

年若いフリートヘルムの怒声に、老いた李国慶がぺこぺこと頭を下げている。

気の毒で見ていられないが、どうやら聖太后にはそうでもなかったようだ。

「そういえば史了がおったな。後のことは、そなたが良きに計らえと申し伝えよ。――麗月！」

肩をすくめて言うなり、今度こそ衝立の扉の奥から出て行ってしまう。

慌てて従いながら、麗月はなおもちらちらと背後の会議室を振り返った。

（妾(わたし)は、どうしたら……）

＊

深夜、青ざめた顔の女官に叩き起こされた。

「公主さま、お迎えの者が来ています」

「お迎えって……どなたのですか？」

眠い目のまま麗月はよたよたと寝台から降りる。

聖太后の通訳、ましてや八カ国の公使を目の当たりにしたとあってはさしもの麗月も疲れ果て、自室に戻ってからは早々に寝台に潜り込んでいた。敗けた皇族の身の上で、枕で眠れるだけでも贅沢なことなのだが。

「それが、わたくしにもよく……使いの者の顔は何度か見たことがあるんですけど」

部屋付きの女官に衣装を着付けてもらいながらも麗月は首を傾げる。

身支度を整えて寝室から続きの部屋に出ると、確かに宦官がひとり跪いていた。

「妾に会いたいと仰るのは、どなたなのでしょう？」

「かの方がお待ちの場所まで、奴才がご案内いたします」

名を伏せたのは、おそらく女官にもこれから会う相手を知られたくないからだろう。

（……よほど、秘密のお話みたいね）

そして麗月は宦官に先導されて、夜の宮殿をひそかに抜け出した。

「妾たちはどちらに向かっているのでしょう？」

「武英殿（ぶえいでん）までお連れいたします」

武英殿は外朝にある建物のひとつだが、近年はあまり使われておらず御用絵師がたまに工房代わりにしているくらいだ。人の出入りもあまりないのでこっそり話すにはもってこいの場所ではある。

（妾に外朝まで来いというからには……きっと相手は男性なのでしょうけど）

内廷に皇帝以外の男が入ることは厳しく制限される。

もっとも女が外朝に出るにも普段は宦官の監視があるのだが、現在、歩哨をしている西洋兵は皇城のしきたりを詳しく知らないので、公主の簪さえ外しておけば女官だと思われてあっさり通過できてしまうのだ。

「こちらです、公主さま」

広大な皇城は、夜はいくつかの角灯（ランプ）に照らされるのみでひっそり静まり返っている。

迷路のような通路を息を詰めて駆け抜け、古びた建物に踏み入り、軋む扉を開ける。

「総督閣下……！」

出迎えてくれた老人に麗月は目をまん丸に見開いた。

油灯（オイルランプ）にあかあかと照らされる顔は二枚羽根の直隷総督、李国慶その人のものだ。

「総督閣下がこのような夜更けに、どうして……」

「公主さま。先触れもなくこちらまでお運びいただいたこと、お許しくださいませ」

李国慶は老人とは思えぬ矍鑠（かくしゃく）とした仕草で、麗月に深々と頭を下げた。

「臣・李国慶が、公主さまに謹んで申し上げます。失礼ながら、公主さまはまだお髪（ぐし）に寝癖が少々残っておられます。まずはそちらの椅子でお茶を召し上がられて眠気を飛ばしてから、髪を直されませ」

いきなり寝癖を指摘された麗月は思わず髪をぺたぺた触り、それからはっとした。

麗月の前で跪きながら、李国慶は小さく肩を震わせて笑っている。

「髪は、ちゃんと女官に直してもらってからここに来ました！」

麗月は頬を赤く染めて、ぷいっと横を向いた。

「もう、あまり妾（わたし）をからかわないでくださいませ、老爺（おじいさま）！」

「悪い悪い。可愛い麗月はもう私を老爺とは呼んでくれないのかと思って、ついな」

ひょいと立ち上がった李国慶は、目を細めて麗月を見つめた。

「今日はさぞや疲れただろう。よりにもよって、老仏爺（ラオフォイエ）の通訳をさせられるとはな」

「……はい」

政に無縁だった麗月にとっては、あまりにも濃い一日だった。

「ですが老爺こそ、プロージャの大公にいじめられておいでで……」

「なに、西洋軍と戦った兵を思えばあのくらいはどうということもない」

　李国慶は寂しげに笑ってから、

「とにかく、そこに座りなさい。疲れているところを悪いが、長い話になるのでな」

　その言葉に麗月も表情を引き締め直した。

　李国慶は一品の大臣にして崑崙の直隷総督、すなわち軍の総司令官である。そんな重要人物が麗月を呼び出したからには理由があるはずなのだ。

「話の前に、まずは麗月、お前に紹介しておこう。――大公殿下」

　いきなり会話がプロージャ語に切り替わって、麗月は一瞬、目を白黒させた。

（大公⁉）

　李国慶の視線の先を追って、麗月はようやく、部屋にもう一人いたことに気づいた。

　金色の髪は、今は油灯(オイルランプ)の光を受けて赤銅(あかがね)に輝いている。プロージャ帝国の全権公使にして大公、フリートヘルムだ。

「いつの間に、いらっしゃったので……」

「最初から居た。君と李将軍(ゲネラル・リー)がじゃれあっているのも、全部見ていた」

　フリートヘルムはげんなりした顔で、椅子に腰掛けて足を組んでいる。

（……どういうことなの？）

　李国慶は崑崙の大臣、フリートヘルムはプロージャの大公。

昼間の出来事はともかく、つい二十日前まで戦争をしていた間柄である。憎み合いこそすれ、決してこっそり夜中に密談するような関係ではないはずだ。

「我ら三人、ともに今は人目を偲ぶ身ですので、跪礼は省略いたしましょう。――麗月、お前も会議にいたならこちらのお方を既に知っているな」

「は、はい」

会議の席で自己紹介してもらって良かったと改めて思う麗月である。

「このフリートヘルム大公殿下は、プロージャの皇帝陛下の甥御であらせられ、同時に軍の大佐でもあられる。西洋では皇族が軍に入ることは珍しくないそうでな」

皇族としての〝大公(エルツヘルツォーク)〟と、軍人としての〝大佐(コロネル)〟と、二つの肩書きがあるということだ。

「今は全権公使も兼ねているから、三つだな」

「それは、さぞや大変でしょうね……」

公主ひとつでも持て余している麗月はちょっとだけフリートヘルムに同情した。

「フリートヘルム大公殿下。このお方は万歳爺(ワンスイイエ)の妹君、長白固倫長公主(ちょうはくこりんちょうこうしゅ)さまです」

長白固倫長公主とは、麗月の公主としての正式な称号である。

「……姫(プリンツェシン)とは知らなかったが、顔は既に知っている」

フリートヘルムが器用に片方の眉だけ跳ね上げるのに、麗月は顔を引きつらせた。

「……ほう？」

（ま、まずいわ⁉）

「我々が入城した日に、ふらふらと出歩いて軍の行進を眺めていたぞ。ただの小間使いではなさそうだと思ったが、まさか本当に姫とは思わなかった」

麗月の所業をいともあっさり暴露して、フリートヘルムは肩をすくめた。

（いちいち老爺に告げ口しなくてもいいじゃない！）

「……麗月、あの日は自室待機との通達が出ていたはずだね」

「だって厨房の食材が足らなくて……」

反射的に言い訳しかけてから、李国慶の表情は怒りではなく心配であると遅れて気づく。

「すみません、すみません、老爺！　今後はきちんと言いつけを守ります！」

全力で李国慶に謝る麗月をフリートヘルムが呆れ顔で眺めていた。

「……崑崙では、姫と家臣がずいぶん親しくしているのだな。私の目には、不肖の孫が祖父に説教されているとしか見えないが」

「老爺は特別なのです」

麗月は顔を上げて、フリートヘルムに向かって胸を張る。

前皇后、すなわち麗月の生母は李国慶の妹の娘だった。麗月から見て李国慶は母方の大伯父ということになる。

「妾(わたし)はしばらく市街におりましたから、皇城に戻ったばかりの頃は困ってばかりでした。老爺(おじいさま)には本当に優しくしていただいたのです」

もちろん李国慶が内廷に足を踏み入れることはできないが、彼は姪の遺した子のために女官を手配したり玩具や本を贈ったりと心を配ってくれた。今のように、こっそり外で遊んでくれたことも何度もある。

皇城での不慣れな生活でそれがどれほど励みになったか。

「妾がプロージャ語を話せるのも、老爺が宣教師を探してくれたおかげですもの」

崑崙には西洋から宣教師も数多く来訪している。李国慶はプロージャ出身の宣教師を見つけて、家庭教師として皇城に出入りできるよう計らってくれたのだ。

そのお陰で今、こうしてプロージャの皇族と密談していられるわけだが。

「……なるほど」

麗月と李国慶を見比べて、フリートヘルムも納得したようだ。

「名高い李将軍(ゲネラル・リー)であっても孫の養育とはかくも難しいものなのだな」

「どういう意味ですか、それは！」

食ってかかる麗月を、フリートヘルムはまたも肩をすくめてやり過ごした。

「……さて、自己紹介はこのくらいにして、そろそろ本題に入りましょう」

李国慶に促されて、麗月はようやく椅子に腰掛ける。

考えるだにおかしな組み合わせだった。大臣、西洋の皇族、そして公主。

「さて、どこから話したものか……そうだな、麗月」

李国慶は麗月の目をひたりと見据えて、

「今日の八カ国との会議をお前も聞いていたな。——どう思った？」

「西洋の方々は、簡単な乗法（掛け算）もできないのかと思いました」

麗月は即答した。

「東北三省を寄越せだの、江東を寄越せだのと……あれでは崑崙がなくなってしまうどころか、省が足らなくなるではないですか！」

「……まあ、そういう視点もあるな」

「だいたい、あの方々は何なのですか、崑崙のことを好き勝手に！　子供の塗り絵ではなく、どの省にも大勢の民が暮らしているのですよ⁉」

一息に吐き出してから麗月は慌てて口をつぐんだ。

ここには李国慶だけではなく、その「崑崙を好き勝手している」一人がいるのだ。

麗月の叫びに、しかしフリートヘルムは何ら動じることなく、

「崑崙は無条件降伏したのだから当然だろう。敗者から勝者が奪う、それに何か問題が？」

「……っ！」

　無情な言葉に麗月は唇を噛み締める。

「恨むならば貴国の無能どもを恨むがいい。暴動が起きた時点で首謀者を処断しなかった官僚、旧式の大砲で安心しきっていた軍の者ども、いくらでもいるぞ」

「……手厳しいですな」

　李国慶が苦渋の表情を浮かべている。後者に関して、彼は崑崙軍を統括する一人だ。

「ですが、戦争のそもそもの原因は崑崙に来た西洋人が傍若無人に振る舞ったせいだと……」

「ほう。それでは姫も、私が死んでいたほうが良かったとでも？」

　そこで麗月は思い出した。

　フリートヘルムは会議で「軍務で西京市内の公使館にいた」と発言していた。そして戦争の直接の引き金は、西洋排斥の声に突き動かされた西京市民がプロージャをはじめ各国の公使館を焼き討ちしたことである。

「……あなたも、その場にいたのですか」

「公使館の査察でな」

　焼き討ち事件後に崑崙政府が八カ国に宣戦布告したため、各国の公使館にいた駐在員と武官は敵地に取り残された形となった。西京市を八カ国連合軍が占領するまでの二ヶ月間、外国人たちは公使館に籠城して、崑崙軍、そして武器を手にした西京市民と激しい戦闘を繰り広げていたという。

（妾が知らなかっただけで、この皇城の側でもずっと〝戦争〟していたのだわ……）

　その籠城戦を指揮していたのが、八カ国の武官の中でもっとも階級の高いフリートヘルムだった。

「姫には私が生き延びたことに感謝して欲しいものだ。これでも大公に叙せられた身だからな、その私が横死したとなれば、我が皇帝陛下は沽券にかけて皇城を燃やし尽くしていただろう」

　ぞくりと背筋が凍った。

　もとよりこの戦争は公使館焼き討ちの報復として始まったが、もし西洋の皇族が死んでいたら、等しく崑崙の皇族を殺すまでは終わらなかったかもしれない。

「プロージャ公使館からは前の駐在公使を含めて十二名が死亡、負傷した三十名は先日ようやく本国に帰すことができた。……この戦争における貴国の死者よりはずっと少ないかもしれないが」

　何も言えなくなった麗月に、李国慶が諭すように語りかける。

「麗月、大公殿下の仰ることが正しい。いかなる言い分があるにせよ、戦に私たちは敗けたのだ。敗けた崑崙は、もはや喉元に刃を突きつけられて切り分けられるのを待つばかりの豚に等しいのだ」

西京市内にはまだあの大軍がいるのだ。公使の誰か――それこそフリートヘルムが命じれば軍はふたたび突入してきて、今度こそ皇城と皇族を蹂躙し尽くすだろう。

「……はい」

「結構、女帝(カイザリン)よりは飲み込みが早いようで何よりだ」

フリートヘルムが薄く笑った。

「だが我らは敗けたが、まだ滅びてはいない」

続く李国慶の言葉に麗月は目を瞬かせた。

「敗けたが、まだ首の皮が一枚だけ繋がっている。腑分けされるわけにはいかんのだ。なぜなら獲物の流す血とは崑崙の民の血に他ならないのだから」

史書を紐解くまでもなく、古来より征服された地の民は悲惨なものだ。

豊かな土地を奪われ、それまでに蓄えた財産を奪われ、尊厳や歴史すら奪われる。

(でも……)

麗月だって李国慶と同じだ。でも崑崙軍はあっさり蹴散らされたではないか。

(――どうやって?)

そこでフリートヘルムと目が合った。

そうだ、李国慶がフリートヘルムと密談していた理由をまだ聞いていない。なぜ自分がこの部屋に呼ばれたのかも。

「李将軍(ゲネラル・リー)、そろそろ姫を呼んだ理由を聞かせてもらえないか」

　フリートヘルムはやや苛立った声だ。

「李将軍、先の事件において、公使館の死傷者に人道的配慮をしてくださった貴公に私は敬意を払っているつもりだ。その貴公が『秘策あり』と知らせてきたから、私は人目を忍んでこの宮殿にやってきた」

　フリートヘルムはちらりと麗月を見て、

「だがその姫には、プロージャ語以外に褒めるべき点がまったく見つからない」

(何ですって⁉)

　むっとしたが、反論できない。戦闘で同胞を失った彼には麗月の言葉はさぞや甘ったれたものに聞こえただろう。

　だが李国慶は、フリートヘルムの問いに我が意を得たりとばかりににやりと笑った。

「大公殿下。この麗月は、厨娘(チュウニャン)なのですよ」

「〝厨娘〟?」

「かつて……千年近くも前のことですが、女性の厨師が持て囃された時代がありましてな。特に腕の立つ厨師は厨娘と呼ばれて貴族と同じ待遇を受け、中には皇帝陛下の厨師にまで出世した娘の言い伝えもあります」

のだ?」

「だが彼女が料理人（シェフ）の仕事を奪う傍迷惑な姫だとして、それがいったい何の役に立つ

言葉とは裏腹に、フリートヘルムの顔にまったく心動かされた気配はない。

「ほう、それはたいしたものだ」

ひどい言われようだが、今回だけは麗月も同じ気分だ。

（確かに料理はできるけれど、それだけでは……）

「おや、元は西洋の格言のはずですが。——〝食卓にこそ政治の極致がある〟と」

麗月がこれまで読んだ本には出てこなかった言い回しだ。

だが李国慶がこの言葉を口にした途端、フリートヘルムの表情が変化した。

「馬鹿馬鹿しい。かの李将軍（ゲネラル・リー）の策にしては、お粗末にすぎる」

「いいえ、私は大真面目ですとも。大公殿下のご協力とこの麗月がいれば、不可能で

はないと私は判断いたしました」

フリートヘルムは胡乱な目で麗月を眺めて、

「……この姫に、それが可能だとでも？」

「既に大公殿下は一度、麗月の作ったものを召し上がられているはずですよ」

フリートヘルムが驚いたようだが麗月だってびっくりだ。確かに戦争中、そして降

伏してからも厨房で料理はしていたが、この嫌味な大公に何か作った覚えはない。

「あ！　……もしかして、今日の会議に出された餅乾のことですか？」

「あれか」

　フリートヘルムはあからさまに額に皺を寄せた。

「なぜ講和会議で軍の備蓄食料を食べさせられているのかと思ったぞ。何の味もしない、牛酪の風味もろくに感じられない、焼き締めすぎて噛み砕くにも一苦労ときている……遠征中でもなければ誰が食べたいものか」

「え⁉」

　麗月は愕然と目を見開いた。

「西洋の方にいただいた餅乾なのですから、妾はあれが西洋の味なのだとばかり……もしや西洋でも、あれは不味いものなのですか⁉」

　試作した時に固すぎるとは思ったものの、プロージャ人のフリートヘルムが持っていた餅乾なのだから、これこそが本場の味なのだと信じていたのに。

「あれは保存性を高めるために砂糖と油脂分を極力減らした餅乾だ。持ち歩くには重宝するが、まったくもって美味いものではない」

「そんな……」

　がっくりと肩を落とす麗月に、フリートヘルムは何かに気づいた顔をする。

「もしかして、私が渡した餅乾を真似て今日のあれを作ったのか？」

「そうです！　もう、美味しくないなら美味しくないと渡すときに仰ってください！」

李国慶が苦笑しながら二人の話をまとめる。

「ともかく麗月の舌の正確さは、大公殿下もおわかりになったでしょう」

なお後になって確認したところでは、麗月が試作してそのまま置いておいた餅乾（ビスケット）を宦官たちが見つけて「西洋風の菓子があった！」と出してしまったらしい。李国慶は餅乾が麗月の作であることは把握していたが、さすがに軍用食とまではわからなかっただろう。

「そうだな。人間、ひとつくらいは特技があるものだと思ったが……」

いちいち嫌味な言い方をしなければ気が済まない大公である。

「現在、西京市は我々の占領下にあるのだぞ。皇城での狼藉は禁じているにせよ、その状況下でわざわざ餅乾など作ってみようとするか？」

「戦争中だろうと、何事もなかろうと、お腹は空くではありませんか」

平然と麗月は言った。

「お腹が空いたら食事を作らなくてはいけません。ましてや戦のせいで食材も届かなくなってしまいましたから、手元の材料で工夫しなくてはいけませんし。大根料理にも限界がありますし、餅乾を量産できればと思ったのですけど、考えてみたら麦と砂糖はともかく牛酪（バター）はほんの少ししか……」

えんえん語りはじめた麗月をフリートヘルムは深くため息をついて遮ってから、李国慶を半眼で見つめる。

「教養と料理の腕はともかく、思想においては李将軍（ゲネラル・リー）の策に相応しい人材のようだ」

「料理の腕はあの老仏爺（ラオフォイエ）の保証付きです。この国でもっとも舌の肥えたお方が、麗月の皿だけは残さず召し上がっているのですからな」

「……ふむ」

昼間の会議でフリートヘルムは聖太后を見切ったらしく、ここで名が出たところでたいして感心したような気配もない。

だが彼は少なくともこれ以上、麗月に文句をつけることはなかった。

（でも老爺（おじいさま）は、妾（わたし）の料理で何をしようというのかしら……？）

〝食卓にこそ政治の極致がある〟とは、いったいどういう意味なのだろうか。

やがてフリートヘルムは麗月に視線を戻した。

「いいか。まず、講和条約は、八カ国のすべてが賛成しなければ成立しない」

「はい」

八カ国共同で崑崙を降伏させた以上、獲物もきちんと分け合うべきというわけか。

「君は、八カ国は皆、我先に肉に食らいつかんとする卑しい獣と見ているようだが……」

「違うのですか？」

さすがにフリートヘルムも鼻白んだ顔をしたが、気を取り直して、

「実際のところは、八カ国の中でもいくつも意見があるのだ。たとえばルテニアは領土の切り取りを声高に主張している。アルビオンやガリアもこちら寄りだが、貧しい土地を押し付けられても困るから必死に他国に探りを入れている」

「豚にも、美味い場所とそうでない場所があるというわけですな」

李国慶が苦い顔で相槌を打った。

「対してアメリゴは領土よりも鉄道や電信の敷設権を欲しがっている。秋津洲は今回に限っては切り取り反対に回るだろう。崑崙が欧州に乗っ取られれば、次は自国が狙われるに決まっているからな」

唯一の東洋人の国、秋津洲は、崑崙を挟んで西洋の反対側に位置する島国である。

「サルディーニャ、エスパーニャはどうせ他国に追従するだけだ。元々あの二国は出兵数も多くないし、さほど発言権はない」

そこでフリートヘルムは一度言葉を切った。

「講和条約には八カ国すべての賛同が必要となる。――ならば八分の五を取れば、少なくとも君たちは、母国の消滅だけは避けられるだろう」

むろん賠償金や権利の譲渡など、何も支払わないというわけにはいかないはずだ。

国に固執することがはたして正しいのかはわからないけれど、それでも。

「そうですか……！」

それでも、少しだけ希望は見えてくる。

「ただし、あの欲の皮の突っ張った公使どもを説得しなくてはいけないということだぞ。アメリゴや秋津洲はともかく、ルテニアやアルビオンは簡単にはいかない」

「そうか、……そうですよね」

「そこで麗月、――お前の料理の出番というわけだ」

李国慶の言葉に、フリートヘルムも不承不承といった顔で頷いた。

「私はこれから全権公使として、他の公使と協議を繰り返すことになる。プロージャ公使館の厨房を貸すから、君が彼らをもてなす料理を作れ」

「……妾（わたし）が、あなたと公使の方々の料理を作るのですか？」

「そうだ。公使の腹に美味いものをたっぷり詰め込んでやったところでこちらの案に誘導するのが、今回、崑崙が生き残る唯一の術だ」

優美な顔立ちと物腰で言うにはあまりに身も蓋もない一言であった。

「あ、あの、〝食卓にこそ政治の極致がある〟とは、そういう……」

「まあまあ、そう捨てたものではないのだぞ、麗月」

補足する李国慶は大真面目な顔だ。

「客人をどのような料理でもてなすかは主人が決める。言い換えれば、主人の考えは宴に出された料理からわかるということだ。これがさらに進むと、主人は読み取られることを前提に料理を出し、客はそれを読み解く」

ふと、今日の会議で出された茶を思い出す。

あれは西洋人とまともに向き合おうともしない聖太后の意思そのものだった。

「食卓とは言葉に依らない〝会議〟の場なのだ。西洋にはかつて、一流の厨師を連れて会議に乗り込んで、自国の権利を守り切った宰相もいたという」

「……それは、すごいですね」

李国慶は茶目っ気のある笑みを浮かべて、

「美味いものを食わせてくれた方に味方したくなるのが人間というものだろう?」

「はい!」

麗月もその言葉には力いっぱい賛同した。

「……私には、たかが食事で国の方針を決めるなど理解しがたいが」

フリートヘルムだけはまだため息をついて、

「君のような食い気しかない姫には相応しい任務だろう」

「大公は賢くていらっしゃるのに、配慮の心だけはお持ちでないのですね!」

と、そこで麗月は目を瞬かせた。

（……そういえば）

　さきほどフリートヘルムは各国の意向を語ったが、当のプロージャについては何も言っていない。話の流れからすれば領土分割には反対なのだと思うのだけれども。

「プロージャは……領土とその他、どちらをお望みなのですか？」

「本国の皇帝陛下からの指示は、可能な限り帝国の版図を広げよ、だ」

　麗月は目を丸くする。フリートヘルムがそういう言い方をするということは。

「では、あなたは……？」

「私個人は、崑崙には領土とは別の形で借りを返してもらいたいと考えている」

　フリートヘルムは薄く笑った。

「残念ながら私はプロージャ本国ではあまり立場が強くない。皇帝陛下に煙たがれていてな、だからこうして、はるばる崑崙に派遣される羽目になったわけだが」

　左遷先なのが崑崙なのは不満だが、似たような話は崑崙にもいくつもある。

「だが、いつまでも田舎でくすぶっているつもりもない。こちらの皇帝陛下は高齢でな、遠からず次の皇帝を立てることになるだろう。――そのときには四千年の歴史を持つ大国・崑崙に後ろ盾となってもらう」

　そのためにも崑崙には東の大国でいてもらわねば困る――とフリートヘルムは平然と言ってのけた。

領土を切り取らない代わりに別の形で崑崙に恩を売ろうというわけだ。それもプロージャ皇帝の意向に背いて、彼自身の権力欲によって。

（だから、人目を忍んで皇城に来たというわけね！）

フリートヘルムと李国慶、どちらからこの話を持ちかけたのかは定かではない。ただ二人は双方の利益によってひそかに結びついた。

（それに、この企みが失敗したとしても、大公には損はないのだし……）

崑崙が八分割されてしまうのに対して、フリートヘルム自身の地位はともかくプロージャは新たな領土を得られるのだから。

「姫なのに、君は表情も取り繕えないのか。不満で仕方ないようだ」

「……ええ」

「だが今の君たちに、他に術があるとでも？」

そもそも降伏した時点で崑崙は自己決定権を失っている。

どんなに不確かでも、選択肢がひとつ生まれたのは確かなのだ。

「わかりました。――やります、あなたがたの料理を作れば良いのでしょう！」

「結構。決断の早い点もあの女帝（カイザリン）とは違うようだ」

フリートヘルムは椅子で足を組んで、まるきり皇帝のような偉そうな態度だ。髪があまりに美しい金色なのが腹立たしい。

「ええ、妾があの固い餅乾しか作れないと思っていただいては困りますから！　いずれ絶対に、大公にも、妾の料理を美味しいと言わせて差し上げます！」

「ほう、それは楽しみだ」

　まったくもって信じていないそぶりであった。

「すまぬ、麗月。私の力不足で、お前にこんな危うい役をやらせることに……」

「お任せください、老爺。妾とて崑崙の公主なのですから。男性のように銃と剣は持てませんが、代わりに包丁と鍋を振り回すことならばできます！」

　頭を下げる李国慶に麗月は精一杯に胸を張る。

「……李将軍、本当にこの姫は大丈夫なのだろうな？」

　フリートヘルムの呟きは聞こえなかったことにした。

　話がまとまったところで今度はフリートヘルムと李国慶が何やら話し始める。講和会議に関する実務的な話のようで、麗月の知らない単語がいくつも混じっていた。

　――不意に、フリートヘルムの言葉が耳に飛び込んできた。

「誰も彼もが目の前の領土に目の色を変えて嘆かわしい。ようやくこの数十年、奇跡的に欧州は勢力の均衡を保つことができていたというのに！」

　西方は国土の狭い国がひしめき合っている地域だ。崑崙人は一括りに〝西洋〟と呼んでいるけれども、内部には複雑な歴史があるのだろう。

「その均衡を崩してみろ、すぐに次の戦争が起こるだけではないか！」

麗月はさきほどのフリートヘルムの話を思い出す。

彼は目の前で同胞を失った人でもあるのだった。

第二章　戦後の厨房

内廷の妃嬪や公主たちが皇城の外を見ることは滅多にない。

城内の行き来は比較的自由だが、城外に出るには四人の宦官に担がせた輿に乗るのがしきたりで、自由に歩き回ることはできない。せっかくの外の風景も、分厚い覆いの隙間から覗くのが女たちの精一杯である。

まして麗月に至ってはこの八年、外出の許しなど一度も出たことがなかった。

「街が、こんなことになっていたなんて……」

だが今、麗月はフリートヘルムの馬車でプロージャ公使館へと向かっている。

本来は外出などまず不可能だが、皇城ごと八カ国連合軍に占領されている今ならば、征服者の一角たるプロージャ……しかも公使の馬車にこっそり同乗してしまえば、中を検められることもなく城門を通過できるというわけだ。

「そういえば君は、しばらく城の外で育てられていたという話だったか」

「ええ」

馬車に揺られながら、麗月は窓枠に手をかけて外の風景に目を凝らす。

皇城の外に出るのも、生まれ育った西京の街を見るのも本当に久しぶりだ。

けれども建物の並びこそ記憶にあるものと同じだが、大通りの門の石壁は砕け散り、道の左右に並ぶ商店もあちこち柱が折れたり壁や屋根が崩れている。

まるで、風景画のそこかしこを虫に食われてしまったかのように。

（爸爸（おとうさん）と媽媽（おかあさん）がこの有様を見たら、何と仰っていたかしら……）

市街で食堂をやっていた養父母は、高齢だったこともあり、麗月が皇城に呼び戻されて数年後に相次いで亡くなった。慈しんでくれた二人が亡くなったことはもちろん悲しいけれども、陥落した街を見ずにすんだことだけは救いだったかもしれない。

そして街の異常は今なお続いている。

「……大通りがこんなに静かなのを、初めて見ました」

現在、八カ国は西京市を八分割してそれぞれ治安維持を行なっている。

首都が丸ごと外国軍に占領されている非常事態なのだ。その状況下で出歩いて遊ぶような度胸のある者はまずいないだろう。

本来であれば建物の復旧作業をしているだろうに、工員すらほとんど見当たらない。

「この地区は抵抗が激しかったと聞いています。他の地区はもう少しマシなはずだ」

向かいの席に座るフリートヘルムは、麗月の嘆きなど知らぬげな無表情だった。

街を破壊した西洋人に思うところはあるが、割り切らなくてはならないことだ。それでも、

（この大公と、同じ車に乗ることになるなんて……）

　市街地で育った麗月は、他の公主のように男性の顔を見るだけで恥ずかしがるようなことはないが、相手があの嫌味なフリートヘルムだと思うと居心地が悪い。

「何か言いたいことがありそうだな」

「いいえ、いいえ！」

　麗月はぶんぶん首を振った。何か言えばまた三倍で返ってくるに決まっている。

「ところで公使館は大変珍妙……いえ、西洋風の建物とお聞きしましたが」

「崑崙人からはそう見えるだろうな」

「では、厨房も西洋式なのでしょうか？」

　おずおずと尋ねると、フリートヘルムは頷いた。

「水道管や暖房は本国と同様に作らせたと聞いている。おそらく厨房もそうだろう」

「まあ！」

　とたんに目を輝かせる麗月に、フリートヘルムが小さくのけぞったようだ。

「では西洋の烤炉もあるのですね！」

　崑崙では竈か、鉄串に食材を刺して直火で炙るか、たまに石窯や土埋め焼きなどの技法も使われる。西洋の本には烤炉という鉄製の箱のことが載っていて、一度、使ってみたくて仕方なかった。

「この状況なのに君は楽しそうだな……」

なぜか頭を抱えているフリートヘルムに麗月は口を尖らせる。

「失礼ですね。……妾だって老爺の期待に添えるかどうか不安で仕方ありません」

これまで政には無縁だったのだ。自分の料理に崑崙の命運など賭けて良いのか、そもそも崑崙のためには何が最善なのか、何もかもがわからない。

「でも、やってみるしかないではないですか」

「……そうだな」

複雑そうな顔でフリートヘルムは麗月を見つめたのだった。

「ところで、君は私に預けられたことをどう……」

「その仕事ですけど、条約の交渉とはどのように行われるのです？」

声が重なる。

フリートヘルムは肩をすくめてから先に麗月の質問に答えてくれた。

「心にもない世辞を言い合って、根回しをして、袖の下を渡して、気に食わない相手の足を引っ張って、何となく全員が妥協すれば終わりだ」

「…………」

思わず馬車の椅子からずり落ちそうになった。

顔だけは絵画から抜け出たように整っているのだから、この唐突に身も蓋もない説明をする癖は何とかしてほしい。

「……ええと、ですから、妾が料理を作る相手はどなたなのでしょう」

「まだ折衝中だ。……ああ、条約の交渉とは我々公使が顔を合わせるだけではなく、職員もそこらを走り回って他の公使館と連絡を取っている。君も姫（プリンツェシン）ならわかると思うが」

妃嬪のお茶会と女官たちの廊下のひそひそ話、内廷が滞りなく運営されるためにはどちらも必要ということだ。

ましてや八人の誰もが一国の公使、根回しの大切さはお妃たちの比ではあるまい。

「それと――」

険しい顔でフリートヘルムが切り出すのに、麗月も思わず身構えた。

「君を皇城の外に連れ出すにあたって、ひとつ、大きな問題がある」

「そんなものがあるのだったら、さっさと仰ってください⁉」

「公使館では当然、君が皇帝（カイザー）の妹であるとは伏せておくが……そうなると、君を姫と呼んではまずいことになる」

「…………はあ」

あまりに深刻な顔で言うものだから、麗月はまた馬車の中で体勢を崩しかけた。

「そんなもの、ただ名前を呼べば良いではないですか」

言ってから気付く。そう言えば西洋人の彼には貴人の呼び方などわからないのだ。

「妾(わたし)の本名はただの麗月です。〝長白固倫長公主〟のうち『長白』は雅称、『固倫』は皇太后陛下の子、『長』は万歳爺(ワンスイイエ)の姉妹という意味ですが、あまりに長すぎて自分でもたまに舌を噛みます」

「……なるほど、字のひとつひとつが称号(タイトル)なのか」

指で漢字を書いてやると、フリートヘルムにも何となく理解できたようだ。

「老祖宗(ラオヅゥオン)さまはもっと多くて、十六もの字を授かっていらっしゃいます。ですから本来ならば禧禎以下省略(いかしょうりゃく)太后さまとお呼びするべきなのですけど」

「……おい」

「ただ長すぎるので、いちばん良い『聖』の一字を取って聖太后さまと呼ぶのが習わしです」

何か言いたげなフリートヘルムをしれっと無視して、麗月は胸を張ったのだった。

フリートヘルムは何度か口の中で繰り返してから、

「ならば、私のことも〝大公(エルツヘルツォーク)〟ではなくフリッツで構わない。一国の姫に私だけ敬称なしで呼びかけるわけにもいくまい、――麗月」

最後のところだけ声が少し硬かった。

(……そこまで緊張しなくても良いと思うのだけど)

しきたりを破るのが気になるのか、庶民のようなくだけたやり取りが苦手なのか。

「はい。わかりました、フリッツ」

そこで、がたんと音を立てて馬車が止まる。

そして麗月の、崑崙の命運をかけた〝食卓外交〟が始まった。

＊

「これが、西洋の厨房……！」

眼前の別世界に、麗月は目を輝かせた。

公使館の半地下に設置された厨房はさすがに皇城のものよりは狭い。

だが竈の前には大型の手回し式の串焼き機が据えられており、今も肉塊が肉汁を滴らせている。壁際にある箱型の装置がきっと烤炉（オーブン）だろう。壁際の棚には大小さまざまの鍋がぴかぴかに磨かれて並べられており、包丁もいくつか見える。

（西洋の包丁しか置いていないわね、どれも刀（ダオ）の形をしているもの）

皿を温めて料理が冷めないようにする装置は皇城にもあるが、この厨房のものはさらに大きく、しかも竈の火力の一部を流用しているようだ。あれならば羹（スープ）も炒め物も熱々のまま卓に並べることができるだろう。

奥には扉があって、製菓用の小部屋や食料庫に繋がっているようだ。

（……凄い）

本の図版でしか見たことのなかった調理器具の数々が目の前にある。

公主、ましてや〝不吉な〟という枕詞の付く身では西洋に行くなど望むべくもなかったが、崑崙にいながらにして新しい器具を思う存分使える日が来るとは。

――だが、厨房に居るのは道具だけではない。

（この方たちが……）

いきなり現れた麗月に、厨房の人々の目がいっせいにこちらに向いた。

フリッツの話では、元々いたプロージャ人の料理人（シェフ）は籠城時の負傷で先日帰国したため、その後は残った職員で料理の心得のある者が作ったり、現在は軍の炊事班から経験者を借りて切り盛りしているという。

「新入り……ちっ、女か」

調理用の白い上着を着た、無精髭の目立つプロージャ人の男がこちらを見据えた。

そして薄汚れた服を着た崑崙人の男が三人ほど。

（プロージャ人が調理担当、他の方たちは下働きね）

竈の火焚き、皿洗いに鍋磨き、絞めた鶏の羽をむしって肉の下拵えと厨房には地味な力仕事が多い。そうした仕事は身分の低い者に回されることが多く、皇城では新入りの宦官が、ここでは崑崙人が担っているようだ。

「――大丈夫ですか⁉」

その崑崙人のうちのひとり、麗月とさほど年の変わらない少年が床に倒れている。

その頬は真っ赤に染まっており、今しがたプロージャ人に殴られたばかりのようだ。

「ええと、まあ……？」

いきなり駆け寄ってきた小柄な崑崙人の娘を、少年と他の二人はぽかんと眺めた。

「あァ？　何だ、お前」

「妾（わたし）は、今日からこちらの厨房の厨師（チュウシィ）となるよう命じられた者です！」

麗月は床に膝をついて少年を助け起こした格好のまま、ぎろりとプロージャ人の料理人を見据える。

「お？　お前、言葉がわかるのか」

料理人がにやっと笑った。

「何があったのか存じあげませんけれど、いきなり殴らずとも……」

「あ？　俺には、言葉もわからねえ猿を躾けてやる義務ってもんがあるからよ」

その台詞にはふたつの意味があるだろう。一つ目はむろん、両者がお互いの言葉がわからず身振り手振り……あるいは拳でしか意思の疎通ができない場合。そしてもうひとつは、

（西洋人は、東洋人を見下しているから……）

「が、猿はしょせん猿ってな。お前は言葉がわかるだけマシかもしれねえが……」

麗月と料理人の会話を、崑崙人たちは戸惑った顔で遠巻きにしている。

「おい、誰が手を止めていいっつった、さっさとしろ‼」

窓枠が震えんばかりの大音声が半地下の厨房に響く。少年もびくっと震えてから麗月の手を払いのけるようにして立ち上がり、ばたばたと水場に戻っていく。

「……洋鬼子（ヤンクイツ）め！」

去り際にぼそりと呟くのが聞こえた。

（……妾（わたし）は、どうしたらいいのかしら）

今やプロージャはこの地の征服者の一角なのだ。西洋人たちが好き放題を言っていた皇城、不気味に静かな市街と同じ構図がこの厨房にもあるだけのことである。

だが公使たちの料理を作るには、彼ら四人を束ねてその手を借りなくてはならない。

「お前もまずは洗い場だ。そのひらひらした服はさっさと……」

「いえ、ですから妾はこちらの厨師として……」

「――何をやっているんだ、君は」

そこで、後ろから声がした。

気がつけば後ろにフリッツがいた。少しだけ息が上がっているところからして、どうやら急いで階段を駆け下りてきたらしい。

「まさか馬車を降りるなり、勝手に走っていくとは思わなかったぞ⁉」

「い……いいえ、少しでも早く烤炉(オーブン)を見てみたくて」

「私が指示したこと以外をやるな！　君は自分の立場がわかっているのか⁉」

「ええと、今日からこの公使館の厨師です！」

目を逸らして言い訳する麗月と頭を抱えながら叫ぶフリッツを、もともと厨房にいた四人の男は唖然と見つめている。

「ふ……フリッツだって、こちらの方々に先に説明しておいて欲しかったです！」

「……李将軍(ゲネラル・リー)と話を付けたのが昨日なのに、私にどうしろと？」

後で聞いたところ、それでもフリッツは公使館に連絡だけは入れておいたそうだ。それから麗月を連れてきてから紹介するつもりが先に走って行かれたとなれば、皇城に返品しないだけむしろ彼は寛容であった。

「君はいったい李将軍に何を教わったのだ⁉　そもそも――……」

そこでフリッツの視線は不意に麗月の頭上を飛び越えて、奥の厨房に向けられる。

釣られて麗月もそちらを向いたところでようやく気づいた。

「お、お前……」

「せ、西洋人を怒鳴るなんて……」

プロージャ人と崑崙人のどちらも怯えきった目でこちらを見ている。

それでもどちらが酷いかと言われればプロージャ人の料理人のほうだ。おそらくフリッツの身分、皇帝の甥であることを承知しているせいだろうが、

「大公殿下、申し訳ありません！　こいつは今来たばっかで言葉もろくにわか……」

「いや、問題ない。――説明が遅れたが、彼女は麗月といって私が雇った料理人だ。崑崙(こちら)では若い娘の料理人を〝厨娘(チュウニャン)〟と呼んで持て囃す文化があるそうでな、居れば話題作りになるだろう」

いささか失礼な説明だが、これはあらかじめ李国慶も含めて打ち合わせしておいたものだ。

「はいッ‼」

プロージャ人は軍属らしいきびきびした動きで敬礼したのだった。

「…………」

「…………」

三人の崑崙人はなおも困惑と怯えが入り混じった顔でこちらを見つめている。

「……金髪の洋鬼子(ヤンクイツ)が来た」

「あいつが頭下げてやがるってことは、洋鬼子の……親玉なのか？」

『洋鬼子』とは、実は殺傷事件が起きてもおかしくないくらいの罵倒語だ。崑崙人ど

うしで陰でこそこそ言い合うならまだしも、当の西洋人……フリッツや料理人を前にして言うべき言葉ではない。

（でもフリッツもあの方も崑崙語はわからないようだし、伝わらなければ……）

「崑崙人は欧州人（われわれ）を見るといつもそれだな。他に語彙はないのか」

伝わらなければまだやり過ごせるはずだったが、麗月はぎくりと顔を強ばらせた。

「あ……あの、崑崙語はできないはずでは」

「できないが、籠城中にさんざん外から聞かされたものでな、その単語だけはよく知っている。――西の悪魔（ディアボロ）という意味だろう？」

きわめて正確に訳されてしまい、麗月は板挟みという言葉の意味を思い知った。

三人に代わってフリッツに謝罪するべきか、崑崙人の同胞を庇うべきか。プロージャ語は料理と並んで自慢だったが、今ばかりはわからなければよかったとすら思う。

「あの、申し訳……」

「罵られるだけなら実害もなし、平和で結構」

フリッツが小さく笑うのを見て、またも麗月は身をのけぞらせた。

（……笑うとなぜか怖いのよね、このお方）

「それより、良かったではないか。君がこの厨房の人員をまとめ上げられるか心配していたが、これなら問題なさそうだ」

言われて麗月はようやく気づいた。

厨房にいた四人の視線はもはやまったく同じだ。

料理人は「大公にひれ伏すどころか食ってかかってもお咎めのない娘」へのもの。

三人の崑崙人は「洋鬼子(ヤンクイツ)に楯突いてもなぜか罰されない娘」へのもの。

(た、……確かに)

特に前者のプロージャ人などは、怯えと疑問が入り混じった目で交互に麗月とフリッツを見つめていた。崑崙人の娘と大公の関係がきっと不思議でならないのだろうが、さりとて直接尋ねるほどの勇気も持てないといったところか。

確かに、この厨房をどうやってまとめたものか途方に暮れたところではあった。

それが早々に解決したのは望ましくはあるが、

(……もう少し、穏当なやり方であってほしかったわ!)

自分はこれから彼らの力を借りて〝食卓外交〟のために働かなくてはいけないのだ。

「…………」

頭がふらふらさせている麗月に首を傾げてから、フリッツは不意に尋ねてきた。

「君は、欧州の料理を食べたことは？」

「自分で作ったものであれば……『宮廷の給仕長』なら全部暗唱できるのですけど」

かつて西洋の宮廷で名声を博したという料理人の著作で、西洋料理の手法が体系立てて解説されている。そもそもプロージャ語を勉強したのも、李国慶に頼み込んで入手してもらったこの本が読みたいがためだったのだ。

「ですが、公使の方々に召し上がっていただくのは崑崙の料理ではないのですか？」

麗月は首を傾げる。

「老爺（おじいさま）もフリッツも『出来得る限り美味い料理を出せ』と仰ったではありませんか。崑崙で召し上がるならば、崑崙の料理がいちばん美味しいのでは」

土地と食材は密接に結びつく。同じ土地で生まれたもの、作られたもの同士を組み合わせて、その地で食べるのがいちばん美味いという考え方がある。

「そうかもしれないが、今回、君に求める料理はそれではない」

だがフリッツは麗月の言葉を一言で切って捨てた。

「李将軍（ゲネラル・リー）が言っていただろう。主人は客に読み取られることを前提に料理を出し、客はその謎解きをする。……それはどちらもよく知った料理でなければ成立しない」

そして今回、舞台こそ崑崙だが饗応（きょうおう）する側もされる側も西洋人だ。

麗月はプロージャ語ができるし、そこらの崑崙人より西洋料理にも詳しいつもりだが、確かに実物を食べたことがないというのは大きな痛手である。

（また、固い餅乾（ビスケット）を出すわけにはいかないし……）

フリッツはしばし腕組みして考え込んだ後、にやりと笑って麗月の顔を覗き込んだ。

「まずは李将軍(ゲネラル・リー)推薦の、君の舌の力というのを見せてもらおうか」

*

崑崙において、黄色は皇帝の色である。

そして皇帝のおわす皇城は朱(あか)だ。

龍が巻きついた意匠の宮殿の主柱、屋根、四方を囲む城壁と四つの門はすべて丹塗りの朱で皇帝の存在を引き立てる。いくつもある宮殿の中は柱と合わせて青や緑の彩色が施されており、皇城はどこを歩いても色鮮やかだ。

麗月も八年の皇城暮らしで極彩色にすっかり慣れてしまっていた。

「これは……」

そのせいか、目の前の白亜の建物に思わず言葉を失う。

白い石材に色を塗ることなく優美な彫刻だけを施してあるのだ。白壁は灯に照らされて光り輝き、西洋の女神像や草花の意匠が陰影をもって浮かび上がり、豪奢でありながらどこか幽玄の風情も漂う。

西京市内に八つある公使館のひとつ、ガリア公使館である。

「西洋のお城とはこのような場所なのですね」

「ガリアの王宮よりはだいぶ小規模だ。ただ本国から建築技師を呼び寄せて、可能な限り忠実に建てたとは聞いている」

プロージャ公使館も西洋建築だが、頑強な煉瓦造りで城というより質実剛健な城塞といった建物だ。ガリアはきっと優美で華やかなものが好きなお国柄なのだろう。

「それに、夜をこんなに明るくできるだなんて」

「ここにはガス灯が入っているからな。……そういえば、崑崙の城にはなかったか」

石畳の小径に掲げられている照明は信じられないほどの光量だ。夜なのに足元までしっかり見えるし、建物の細工もじゅうぶん鑑賞することができる。

「老祖宗(ラオヅツオン)さまは西洋のものがお嫌いですから……」

皇城の照明はほとんどが石に透し彫りを施した角灯(ランプ)であり、夜になると遠くを見通すことは難しい。逆に言えばそのおかげで深夜にこそこそ宮殿を行き来できるのだが。

そして、この明るさは素晴らしいことだが、そのせいで見えてしまうものもある。

（ここにも戦の痕があるのね）

植栽に隠れて白亜の壁にはいくつか崩れたままの箇所があり、目を凝らすと女神像にぽつぽつと銃痕らしき穴すら空いている。崑崙が降伏して……西洋人から見れば公使館が解放されて一ヶ月余り、まだ修復が終わっていないようだ。

（この洋館はこんなに綺麗なのに、それだけではいけないのかしら……）

今は目の前のことに集中しようと、麗月は小さく首を振った。

「では、参りましょう！」

「……君は、食事に関してだけは威勢がいいな」

「そのために来たのですもの。それに、あの『宮廷の給仕長』の国なのですから！」

ガリア公使館の職員らしき中年の男が丁重な物腰でフリッツ（と麗月）を案内してくれる。

玄関（エントランス）をくぐると、そこはもう崑崙とは別の世界だった。

天井からは無数の水晶がきらきら輝く吊灯（シャンデリア）が下がり、大広間（ホール）を昼間のように明るく照らし出している。壁紙は柔らかな青、床には緋色のふかふかした絨毯が敷かれており、一歩歩くたびに爪先が沈むので落ち着かない。

大広間の奥には左右に伸びる階段があり、巨人が両腕を広げているかのようだ。

「つい先日までここで戦争をしていたとは思えないな」

フリッツが呆れたような、苦いような顔で呟いていた。

西洋人と西京市民との衝突がもっとも激しかったのはプロージャ公使館だが、ガリア公使館でも何度も銃撃戦があったという。だが今や、煌びやかな大広間から火薬の匂いは綺麗に拭い去られている。

「これが、西洋風の〝夜会〟ですか」

「ああ」

フリッツに連れてこられたのは、ガリア公使が主催する西洋人の集まりだ。

二人は少し遅れて到着したらしく、大広間には既にそれなりの人数がいた。

「あの……妾はこの格好で、大丈夫だったのでしょうか？」

麗月が着ているのは、崑崙の伝統的な旗袍である。

李国慶から贈られた菊の刺繍入りの一着で、歩揺（髪飾り）もそれに合わせてある。決してみすぼらしくはないはずだが、西装、あるいは礼装の西洋人の中にあっては場違いも甚だしいのではないか。

「欧州の服を着たところで、どのみち君が東洋人なのは一目見ればわかる。身に馴染まない服で醜態を晒すよりは、慣れた崑崙の服の方がまだマシだろう」

「それは、そうかもしれませんけれども‼」

間違っているとは言わないが、もう少し言い方というものがあると思う麗月である。

一方フリッツは抗議をしれっと無視して、ぐいっと強引に麗月の腕を取った。

「っ、ちょっと、服が違うくらいで逃げやしませんから離してくださいませ！」

「欧州では婦人の手を取るのがマナーだ。……それに、君は目を離すとどこに行くか知れたものではない」

「……う」

先日いきなり公使館の厨房に突撃したことはいちおう反省している。

婦人の随伴とは程遠い態度で、麗月はずるずると引きずられていく。

フリッツは最初に出会ったときには軍服だったが、今日は夜会用の黒の燕尾服を着ている。少しざらついた布地の奥に男の体温、それに腕の筋肉の盛り上がりまで見つけてしまった気がして、

（これは手羽元、これは手羽元、これは手羽元……）

「今、ひどく失礼な目で見られた気がしたのだが気のせいだろうか」

「気のせいです！」

麗月はぶんぶん首を振ったものの、がっちり掴まれた腕は離れてくれなかった。

すぐ隣の気配を極力考えないようにしながら改めて大広間を眺める。

「……西洋人がこんなにたくさんいただなんて」

「籠城時からの居残り組もいるが、大半は公使のお付きで最近到着した者だな」

ちなみにプロージャにしたところで、全権公使はもともと現地にいたフリッツだが、公使館には本国から外務官僚が何人も派遣されてきている。外交の仕事は多岐に渡り、公使ひとりでこなせるものではないそうだ。

「ところで、条約の内容を話し合うのになぜ宴を開くのですか？」

「大いなる無駄だと私も常々思っているがな」

フリッツは苦虫を三十匹くらい噛み潰した顔だ。

「会議が長時間に及べば何かしら腹に入れる必要はある。相手の本心を知りたければ酒を飲ませておだててやる必要がある。同じ派閥の者を集めて大々的に会合(パーティー)を開けば敵陣営への牽制になる」

「……よくわかりました」

東洋と西洋、紳士と妃嬪の違いこそあれ、やることは大差ないということだ。

もっとも麗月はある意味ではその無駄に感謝しなくてはならない。

（──あそこにあるのが、ガリアの料理！）

フリッツによれば、今日の宴はあらかじめ料理の皿をずらりと広間に並べておいて客人に好きに食べてもらう方式だそうだ。麗月の感覚では花見の宴などに近い。

（決して浮かれているわけではないわ。老爺(おじいさま)の使命に、ええ、必要なのだもの）

でも、あれはいつか食べたいと夢見ていた『宮廷の給仕長』の本物なのだ。

うずうずしている麗月を、フリッツが呆れ返った顔で見下ろしている。

「崑崙では、姫がいきなり食べ物にがっつくのはみっともないと教えないのか？」

「別に良いのです。どうせ行儀良くしていたところで、〝不吉〟な公主を娶ってくださる方などいませんから」

「それはどういう……」

ぷいっと麗月はそっぽを向いた。

二人でこそこそ話しているうちに大広間の西洋人たちもこちらに気づいたようだ。

「フリートヘルム大公殿下はやはり来たか」

「例の、籠城戦を指揮したお方か」

曲がりなりにも皇族であるから、フリッツは西洋では名が知られているようだ。

まずは今日の主催者のガリア公使、オータン＝スタール公がやってくる。

（妾は何も聞こえないふり、わからないふり……）

フリッツがオータン＝スタール公と挨拶するのをにこにこと眺める。あらかじめフリッツと相談した……というより言い含められた「難しいプロージャ語はわからない顔」だ。崑崙人が口を挟んだと思われるよりその方が面倒がない。

そうしつつ、目だけ凝らして大広間に揺蕩う人々を観察する。

夜会は婦人同伴だというが、なるほど黒の燕尾服に混じって鮮やかな赤や青が見える。ただ本国から遠く離れた崑崙まで婦人を連れてくるのは大変なのだろう、黒に比べればその人数はかなり少なめだ。

いくつか知った顔を見つけることもできた。

（夜会の主催者はガリア、居るのは……あちらがアルビオン公使、ルテニアも……）

プロージャ、というよりフリッツを除けば領土分割の主流派である。

きっとこれから大広間では「自分はこの省をもらうから、貴国はこっちを」などというやり取り、フリッツの言葉を借りれば心にもない世辞に根回しに足の引っ張り合いが、そこかしこで繰り広げられるのだろう。

やがて挨拶が終わったようで、フリッツはふたたび麗月を見下ろす。

「私は他の公使とも話をしてくる。君はそこの隅でおとなしくしていてくれ」

「ええ、ええ、かしこまりました！」

「……前言撤回だ。君を放置しておいたら我がプロージャの沽券に関わりかねない」

私は子守に来たわけではないのだが、とフリッツはぼやいていた。

同時にお目付役(フリッツ)を連れて、とぼとぼと料理の並べられた壁際に向かわなくてはならなくなった麗月もしょんぼりである。

(これが、西洋の晩餐……)

ガリア料理は絢爛豪華だと想像していたが、意外にも皿は白一色だった。けれどもそれは容れ物に徹して、上に載った料理の色彩を引き立てているからだ。

ふわりと漂ってくる香りは牛酪(バター)、醤汁(ソース)、そして崑崙では馴染みのない香辛料の数々。

「欧州(こちら)の晩餐会には大きく分けて二つの流れがある」

フリッツが小声で説明を始めた。

「このように、あらかじめ皿を並べておくのがガリア流。大勢の客に対応できるし、一度にたくさんの皿を並べるから見た目も派手だ。戴冠式や結婚式のような、城の大規模な宴でよく見かけるな」

「……なるほど」

料理もさることながら〝食卓外交〟にはそうしたしきたりも覚えねばならない。

「ただし、欠点もある」

「それならわかります。お客様が料理を召し上がるまでに冷めやすいのですよね」

立食形式ではいつ料理を食べるかは客人に委ねられるからだ。

実際、ずらりと並んだ皿には摘んで食べられる冷菜が多く乗っている。熱々の羹(スープ)や煮込みも食べてみたかったが、これればかりは仕方がない。

「では、もうひとつの流れというのはどのようなものなのです?」

「確か、元々はルテニアで始まったと聞いているのだが……」

「――ほう。大公殿下が我が国の文化をご存知とは光栄ですな」

ひそひそ話に、突如として聞き覚えのある声が割り込んできた。

「……アンドロポフ伯」

「大公殿下は、今日は貴重な独り身の仲間だと思っておりましたのに」

アンドロポフ伯は片眼鏡(モノクル)越しに無遠慮に麗月を見下ろしてくる。婦人と言っても相手は占領地の崑崙人、まったく配慮する気配はなさそうだ。

「それにしても、大公殿下まで蛮人どもの賄賂漬けですか」

大広間には大勢の西洋人に混じって、崑崙人らしき姿も見える。

フリッツによればいずれも西京市内の商人だそうだ。皇城との取引がなくなったときに備えて、八カ国の公使館や軍司令部に伝手を作ってどうにか生き残りを図っているのだろう。現金なものだが、生き延びるために必死な彼らを不忠者とは呼べまい。

「彼女は李将軍(ゲネラル・リー)の血縁の娘だ。プロージャ語も少し話せるからと、頼まれてた」

（……別に、嘘は言っていないわね）

作り話ではなく敢えて本当のことを少し伏せて言うあたりに、何となくフリッツの性格がわかった気がした麗月である。

「ほお。さすが李総督、抜け目のないことで」

フリッツとアンドロポフ伯が睨み合う横でも、麗月はひたすらににこにこ笑顔でいなくてはならない。下手に意見を求められるよりはよほどマシかもしれないけれども、

「会議は踊る、されど進まず……宴など馬鹿馬鹿しいとは思いませんか、大公殿下」

「我々は罪深くも、この崑崙にまで悪習を持ち込んでしまったようだな」

（いたたまれない……！）

今のところフリッツたちは談笑しているが、麗月はあの会議の剣幕を知っている。

背の高い西洋人ふたりに挟まれて内心では泣きそうだ。

（妾はただガリアの料理を食べてみたかっただけなのに……！）

そんな麗月の願いが通じたのか否か、またもや新たな人物がやってきた。

「──こちらはビーフシチューでございます」

「まあ！」

給仕のお仕着せを着た褐色肌の男が、器がいくつか載った盆を手にしてやってきた。

ガリア流の立食形式でも、温かな料理は後から運んでくることもあるようだ。

フリッツとアンドロポフ伯もわざわざ運んできてくれた料理を無視はできなかったようで、まずは給仕に礼を言ってから、三人は近くにあった椅子に浅く腰を下ろした。

（これで、やっと食べられる……！）

何度か深呼吸してから、湯気を立てる白磁の碗の中身を覗き込む。

ごろりと大きめに切った芋や玉葱、牛の肉が茶色い汁に浮かんでいる。

ただ食べるだけではなく、いつでも再現できるように味と香りを記憶に刻み付けるのだ──何度もそう念じながら、麗月はひとさじ掬って口に運んだ。

「…………」

「…………」

「…………」

麗月、そしてフリッツとアンドロポフ伯すら沈黙した。

（これは、ええと……）

「君、これは何の料理だね？」

「ぶ、び、ビーフシチューでございま……」

「ガリアでは今、こんなものをビーフシチューと呼んでいるのか⁉」

がちゃんと白磁の器とスプーンが床に落ち、哀れな給仕は震えながら後ずさった。

各国の公使はこの夜会でもっとも地位が高い客人だ。アンドロポフ伯の怒声に、大広間でさざめいていた人々がいっせいに顔を強張らせてこちらを眺めている。向こうからオータン＝スタール公が血相を変えて駆け寄ってくるのも見えた。

（ビーフシチューとは確か、牛の肉と野菜を赤葡萄酒（ワイン）と牛酪（バター）で煮込んで……）

「塩辛すぎるな、それにこの匂いは……」

アンドロポフ伯のように怒鳴りこそしないがフリッツも顔をしかめている。

（……こんな〝ビーフシチュー〟がどうしてできてしまったのかは、おおよそわかるのだけれど）

フリッツやアンドロポフ伯は慣れない味に驚いたようだが、崑崙人の麗月には別に珍しいものでもない。

だが、それよりも。

（西であれ東であれ、宴は楽しく食べてお喋りする場でしょうに）

さきほどのにやけた視線の恨みも込めてひそかにアンドロポフ伯を睨む。口に合わない料理に当たったのは同情するが、怒鳴り散らすのはどうかと思う。

（ガリア公使館なら、あれがあるはず……）

料理を並べた卓を見渡してみると案の定、固く焼いた麵麭（パン）を薄切りにしたものが置いてあった。そのまま牛酪（バター）を塗って食べてもよし、醬汁（ソース）や羹（スープ）を拭ってもよしと、ガリア人はとかくこの麵麭が好きらしい。

「ねえ大公殿下、これ、とっても美味しいですわよ」

内廷で見かけた妃嬪の仕草を思い出しながら、麗月はプロージャ語を張り上げた。険悪な雰囲気の中でひとり場違いな行動をとる娘、しかも崑崙人とあって、大広間の人々の顔がいっせいにしかめられる。「何だ、あの東洋人は」とあからさまに馬鹿にしたような声も聞こえた。

だがフリッツは麗月が期待した通りに動いてくれた。

同じように麵麭で〝ビーフシチュー〟を掬ってから、「ほう」と小さく呟く。

「さすがは美食で知られたガリア、貴国の料理は常に最先端を行くようだ」

フリッツの言葉にアンドロポフ伯が「正気か?」と言わんばかりの顔をし、駆け寄っていたオータン＝スタール公は安堵したのか、床に崩れ落ちそうになっている。

居合わせた人々の顔が困惑から少しずつ「……本当に?」と興味に変わっていく。

「これは最先端と言いますか、何と言いますか……」

「いやいや、これはこのように。肉を麵麭に載せて食べるともっと美味いですぞ！」

がはははと豪快に笑う声がした。少し離れたところで〝ビーフシチュー〟と麵麭を抱え込んでいる恰幅のいい人物は、確かアルビオン公使だ。

「これも美味い、おお、こちらもなかなか、さすがはガリアの夜会ですなあ！」

アルビオン公使の発言を機に、大広間はようやく元の優雅さを取り戻しはじめた。

「……失礼」

アンドロポフ伯はつまらなさそうな顔で、結局何も食べぬまま去っていく。

彼の後ろ姿を無表情で見送り、ひたすら感謝の言葉を述べるオータン＝スタール公に笑顔で返してのち、フリッツは小声で尋ねてきた。

「結局、何なのだ？　この〝ビーフシチュー〟は……」

「崑崙人からすれば、これは牛の肉と老抽（濃厚な醤油）です」

もぐもぐと麵麭を齧りながら麗月は肩をすくめた。

「妾たちと同じように、ここの厨房にも西洋人と崑崙人がいるのだと思います」

ガリア流の夜会はとにかく皿をたくさん並べて派手にしなくてはならない。

となればどうしたところで人手がいるが、西京市にいるのは大半が軍人か外務官僚で料理人は少ない。西洋人は簡単な説明だけして、調理を崑崙人に丸投げしたのではなかろうか。

ただし麗月も含めて、きちんとした西洋料理を食べたことのある崑崙人は少ない。

「野菜と牛の肉を茶色い汁に浮かせる、と説明したのでしょうけど……」

「……確かに、見た目だけは合っているな」

「牛の肉と野菜はともかく、茶色と言われて困ったのだと思いますよ。それで、老抽を足してどうにか茶色い汁を拵えたのでは」

老抽をどぼどぼ入れた汁をそのまま飲めば味が濃すぎるに決まっている。具材だけ拾って食べるか煮汁を麵麭(パン)に付けるなどすれば適度に加減されて、牛肉の旨味も感じられるのだが。

「ガリアは美食の国などと謳っているが、一皮剝けばこんなものか」

「本物の西洋料理を楽しみにしておりましたのに、これでは参考になりませんね」

ため息をつくフリッツに麗月も頷く。

「……それはそれとして、食べるのは止めないのだな」

「せっかくこちらの厨師が準備してくださったのですもの、無駄にはできません」

ぱくぱくと〝ビーフシチュー〟と麵麭、ついでに確保しておいた冷菜の盛り合わせを口に運んでいる麗月に、フリッツは思わず大広間の天井を仰いだのだった。

ややあってフリッツは気を取り直したらしく、ふたたび麗月を見下ろしてくる。

「ところで、なぜ君はわざわざ場を取りなそうとした？」

「だって、アンドロポフ伯が料理を床にこぼしたものですから腹が立って。それにせっかくの宴なのですから、皆で楽しく過ごしたいでしょう？」

　当然だとばかりに言うが、なぜかフリッツには呆れ返った顔をされてしまった。

「もう忘れたのか？　ガリアはルテニアなどと同じく領土を切り取りたがっているのだぞ。君は自国を八分割しようという輩にわざわざ手を貸してしまったわけだ」

「……あ」

　思わず呻く。

「オータン＝スタール公の慌てようを見ただろう。夜会での不手際はそのまま公自身の評価となる。たかが料理ひとつでも交渉に差し障りが出ると覚悟するべきだし、敵の失敗は放っておくべきだ。李将軍（ゲネラル・リー）の手駒となるなら、君もその判断ができなくては話にならない」

「……はい」

　納得はできなくとも、麗月はただ項垂れるしかない。

「君がそれを思い知ってくれただけでも、ここに来た甲斐はあったというものだな。――それに他の連中の体たらくもわかったことだし」

　フリッツは意地悪く笑っている。

（料理のひとつでも、失敗は許されない……）

ガリア公使館の厨房事情を心配している場合ではない。数日後には、今度は麗月自身が外交のために料理を作らなくてはいけないのだから。

「……ふむ」

フリッツはしばし考え込んでいたが、やがて顔を上げた。

「公使館での設宴だが、最初はアルビオンにしよう。日程はこれから打診するが、君にはそのつもりで準備してもらう」

「は、はい！」

（……でも、どうしてアルビオンなのかしら？）

＊

アルビオン公使ウィルキンス卿は、三日後にプロージャ公使館にやって来た。

むろんフリッツもそれまでの間に何もしていないわけではない。公使館の職員が各公使館を回って集めて来た情報に目を通し、崑崙の人口や税収について帳簿を寄越すよう総理衙門に要求し、西京市郊外に駐留している軍にも顔を出す。

（……本当は、皇族とはこういうものなのよね）

麗月が思い出したのは双子の兄、永祥のことだ。

皇帝でありながら聖太后によって政の場から隔離され、お飾りでいるしかない少年。

（いえ、今は別のことを考えている場合ではないわ）

フリッツほどではないにせよ麗月も大変なのだ。

まず、数日で西洋式の調理器具の使い方を頭に叩き込まねばならない。事前知識があるとはいえ、本で読むのと実際に動かしてみるのとでは勝手がまったく異なる。

「いいか、一滴でもこぼしたら承知しねえからな！」

プロージャ語の罵声を浴びながら崑崙人の下働きが運んでいるのは、湯（スープ）を煮出すための縦長の鍋（ポット）だ。香草や野菜、骨を一昼夜煮込んでから濾した湯は、飲むだけではなく西洋のあらゆる料理の素地となる。

また奥の棚には、それより一回り小さな鍋も準備されている。肉を焼いた（ローストし）ときに出る肉汁をこの鍋に溜めておいて別の料理に使うのだ。

「お肉は大切だものね……さあ、ちゃんとできているかしら」

麗月はごくりと息を飲んで、壁に埋め込む形で据え付けられた烤炉（オーブン）に手をかけた。

烤炉は言うなれば分厚い鉄の箱であり、一般家庭用は箪笥（チェスト）のような形をしているそうだが、公使館には一度に大量の食事を作るために大型のものが設置されている。

「よっ……と」

「おい、あんた、何をやってる⁉」

重い鉄の扉に手をかけたところで、今度は麗月が背後から怒鳴られる番だった。

「何を……と言われましても、肉がちょうど焼けた頃合いですから」

「あんたみたいなチビが、ひとりで烤炉(オーブン)に触るなって言ったろ‼」

このプロージャ人の料理人は、ギードという名前だった。

この数日、麗月は西洋の調理器具の使い方を彼から教わっている。

「す、すみませ……」

「ちっ、おいそこのお前、次はこっちだ！」

ギードは湯(スープ)入りの鍋を運んだばかりの崑崙人をふたたび呼びつけて手伝わせる。お互いにプロージャ語、崑崙語はできないものの、崑崙人たちもしばらくここで働いているので、身振り手振りである程度の意思の疎通はできているようだ。

「まあ、美味しそう……！」

「そっちに運べ、しばらく休ませにゃならん」

烤炉用の鉄板は分厚く重く、石炭でかんかんに熱せられている。麗月はそこらの娘と比べれば腕力もあるほうだが、これをひとりで運ぶのはさすがに危険すぎた。

「あの、ありがとうございました」

「……おう」

ぺこりと頭を下げると、ギードは居心地悪そうにそっぽを向いた。

いくら大公の命令とはいえ、自分の城だった厨房を麗月に明け渡した上に彼女の指揮下に入らなければならなくなったのだから、思うところは山ほどあるだろう。

ただ、頼まれたり礼を言われても無視できるような性格でもないと言うべきか。

「お、いい感じだな！」

だが、すぐに麗月に背を向けてしまい、肉の塊に触れて具合を確認している。熱さをものともしないあたりは料理人経験者らしかった。

(とにかく声が大きいのを除けば、悪い方ではないのよね)

「おいお嬢さん、こっちできたぞ！」

「ありがとうございます。では肉はそこで休ませて、こちらの盛り付けを！」

ギードに応えてから、麗月も自分の担当している醤汁(ソース)の仕上げに戻った。

そうして厨房で慌ただしく動き回っていると、プロージャ人の従僕が顔を出した。

「もうすぐ始まるようです」

今ちょうど、公使館の玄関でフリッツが客人を迎えているところだそうだ。

(今日のお客様は三人……ウィルキンス卿と部下のお二人、それからフリッツ)

先日ガリア公使館では大々的に夜会を開いていたが、あれは例外で、会食のほとんどはごく数名の関係者だけで行われるという。確かに、数十人もいるところで国際条約の草案など書けるはずがない。

（さあ、本番はこれからだわ）

厨房の人間はフリッツのいる晩餐室に入ることはできない。麗月たちは二箇所を行き来する従僕を通じて会食の進行具合を確認し、あるいは壁に埋め込まれた管を通じて命令を受けることで、常に出来立ての料理を出す手筈となっている。

以前フリッツは、夜会の流儀には大きく分けて二つあると言っていた。

ひとつは、ずらりとたくさんの皿を並べるガリア流。

もうひとつは一皿ずつ順番に料理を供（サーブ）していくルテニア流だ。

（出してすぐに食べてもらえば、料理が冷めるなんてことはないものね）

北方のルテニアではあっという間に料理が冷えてしまうので、このようなやり方が生まれたそうだが、最近は他国でもこれが主流なのだという。やはり西洋の人々も冷めた湯（スープ）は飲みたくないようだ。

「では、まずはこちらをお願いします」

麗月は冷静に従僕に指示を出すが、内心では冷や汗をかいている。前菜の盛り付けを終えて台車（ワゴン）に乗せて運べるようにしたのはついさっき、ぎりぎりだった。

さらにこれからは会食の様子を窺いながら食材に火を入れていかなくてはならない。

皇城で聖太后の気まぐれに振り回されたことは数限りないけれども、そこで培った技術がはたして西洋人の会食に通じるか否か。

けれども、やるしかないのだ。

（フリッツ、あなたも頑張ってくださいよ。崑崙の命運がかかっているのですから）

厨房でそんな他力本願な祈りが捧げられている頃。

フリッツはアルビオン公使館の四人を晩餐室に案内していた。帝宮(ホーフブルク)で身につけた滑らかな所作にウィルキンス卿たちが感心してくれるが、別に嬉しくはない。

「お恥ずかしながら、まだ修復が終わっていないもので」

「いやいや、大公殿下がご無事であったことが何よりですとも！」

プロージャ公使館は一連の焼き討ち事件と籠城戦でもっとも被害を受けた建物だ。解放直後から修復に取り掛からせているが、まだ使えない場所が残っている。

そのため臨時の晩餐室とした部屋も少し手狭ではあるが、古めかしい刺繍の施されたタペストリーを掲げ、テーブルにはしみひとつないクロスに秋の花々を飾らせた。品格では決して見劣りしないはずだ。

（……面倒ではあるが）

馬鹿馬鹿しいが無視すれば後でしっぺ返しを食うのが宮廷儀礼というものだ。

まずは母国から持ち込んだワインで乾杯する。

そして酸味の効いたマリネを一口食べるなり、ウィルキンス卿が感嘆の声を上げた。

「これは美味い！」

「いやはや、さすが伝統あるプロージャであります」

いきなり最大級の賛辞だ。

もっとも、この反応はフリッツには予測できていた。

「崑崙に来てからというもの、脂っこい炒め物だの焼き物だのばかり出されたおかげで、胃がすっかり重たくなっておりましてな……」

「公使の仰る通りです。これこそが文明的な料理というものでありましょう！」

これを麗月が聞いていれば、「高温でさっと油通しすることで、食材の旨味を逃さず調理できるのに！」と憤慨したことだろうが、幸か不幸か厨房にいる彼女が西洋人のやり取りを耳にすることはなかった。

崑崙には欧州の料理人が少ない。

そもそも外国人排斥運動が今日の敗戦の原因なのだから、当然のことではある。

ガリア公使館ですら欧州出身者だけでは人手が足りず、崑崙人に作らせる羽目になっていたくらいだ。特に欧州圏を離れて西京市に移動するまでの間は、欧風の食事ができる店など一軒もなかっただろう。

「まさか、ここで普通の料理を食べられるとは……」

感涙しているウィルキンス卿の気持ちはフリッツにもよくわかる。自分とて本国から追いやられて西京市にやってきた当初は苦労したのだから。

だからこそこうやって、相手の興味を引くこともできる。

「大公殿下の設宴は、今日が初めてでしたかな」

「ええ。私には軍務もあるのでどうしても他国に遅れを取ってしまいます」

「では、今度ガリアの連中に会ったら自慢してやりますとも。プロージャの大公殿下のおかげでお前たちの夜会の口直しができた、と！」

にこやかに謙遜しながら、フリッツは内心で皮肉げな笑みを浮かべた。

（……まさか卿たちも、これを調理したのが崑崙の姫とは思うまいが）

今日のメニューはすべてフリッツが麗月に指示した。

麗月では「欧州の定番メニュー」がピンとこないせいもあるが、崑崙人の彼女にこの意図を伝えるのはさすがに気が咎めたからだ。

「――魚のスープ、アルビオン風でございます」

お仕着せを着た従僕がスープ皿の載ったワゴンを押してきた。

ルテニア流の会食では、前菜、スープ、魚料理、肉料理と順番に料理を出す。

テーブルの全員で同じ料理を食べることで連帯感を強めるためだそうだ。ただしフリッツがウィルキンス卿たちと意見が合うかは、今日の交渉次第だが。

「うむ、こちらも美味い！」

「——ときにアルビオンは、江東省、麗省、遼省の租借を要求する予定だそうで」

早々にフリッツは切り出した。

なお租借とは他国の土地を借り受けることだが、その借用期限が九十九年後であれば、もはや領土を奪うのと何ら変わりない。

舌鼓を打っていたウィルキンス卿の顔が、一瞬で老獪な公使のものに変わった。

「先日の崑崙城の会議では、確かにそう言いましたな。……先日の会議では、大公殿下はどことも地名を挙げておられませんでしたが……」

「ひとまず崑崙側に省ごとの統計資料を要求しましたが、さて、いつ出てくるか」

〝欧州の均衡を保つための現状維持〟はあくまでフリッツ個人の考えであり、本国の方針は領土の拡大だ。フリッツも講和会議の勢力図がはっきりするまではこれを明かすつもりはない。

「では——」

会食は和やかに進んだ。

講和条約の案についても、伝統的な欧州のメニューについても。

スープの次は魚料理、そしてメインの肉料理だ。

「ローストビーフでございます」

従僕がワゴンに載せてきたのはアルビオンの名物料理だった。

しかも大きな塊肉のままで、切り分けるためのナイフが大皿に添えられている。

「――おおおおお！」

アルビオンの男たちがいっせいに雄叫び……もとい、感嘆の声を上げた。

「いや、今日は本当にこちらに来て良かった、まさか牛肉まで食べられるとは！」

「私も崑崙に来た当初、牛を食べないと聞いて驚いたもので。ウィルキンス卿もさぞやお嘆きであろうと手を尽くして探させました」

崑崙ではあまり牛肉を食べない。南方や北部の遊牧民族など一部では食べるらしいのだが、少なくとも西京育ちの麗月は馴染みがないと言っていた。そのため牛肉はおろか牛酪(バター)や乾酪(チーズ)を手に入れるにも苦労する。

ゆえに効果は抜群だった。

「私は自宅では、三日に一度はこれを食べねば満足できんのです！　この神からの贈り物を食べないなどと、ああ、崑崙人はなんと愚かなことか！」

ウィルキンス卿はとうとう歌い出してしまう。

メインの肉料理を客人に切り分けるのは主催者(ホスト)の仕事であり、特権だ。フリッツは内心、苦笑しながらウィルキンス卿のぶんを多めに切り分けてやった。

「さすがは大公殿下、籠城戦の英雄ですな！」

「私はしばらく崑崙に滞在していますので、牛肉のありかも存じているだけです」

（……〝目がぎらりと光る〟というのは、必ずしも比喩ではないのだな）

「東洋の肉は霜降りと言って、網のようにうっすら脂が入って……ご覧ください」

餐刀(ナイフ)でローストビーフの切り口を示してみせる。

一抱えほどもある牛肉の塊は、切り分けてみると新雪のように儚く白が乗っていた。

ごくりと三人が息を飲む音がフリッツまで聞こえる。

「料理を前にあれこれ説明は野暮でありました。どうぞ、お召し上がりください」

フリッツが促すと、待ちきれないとばかりにアルビオンの三人は肉を口に運ぶ。

彼らの表情と霜降り肉の脂はまったく同時にとろけたのだった。

「これは、これはまた……本国の肉とは違って柔らかな……肉らしさにはいささか欠ける気もいたしますが、しかしこれはこれで」

ぶつぶつ言いながらも肉を口に運ぶ手は止まらないようだ。こうも感動してくれたなら、フリッツとしても仕込んだ甲斐があったというものである。

「大公殿下。もし差し支えなければ、この牛肉はどこから……」

（――来た）

「さて、私は細かいことは部下に任せておりますので。ただ崑崙でも、一部の地方では牛肉も食べると聞いております」

帝宮仕込み(ホーフブルク)のにこやかな笑みで、フリッツは言ったのだった。

（さて、卿はどうするかな）

麗月も言っていた通り、牛肉は崑崙南部と西京市を行き来する商人から入手した。ちなみにアルビオンが要求している江東、麗、遼の三省は崑崙東部に位置し、いずれも有力な貿易港を有する。対してガリアは温暖で農作物の収穫量の多い南部の三省を要求するつもりらしいと、フリッツも情報を得ている。

（崑崙への賠償の内容を見直すか、それとも）

結果はすぐには出ない。

フリッツは自分も牛肉を口に運びながら、油断なくアルビオン人を見据えた。

アルビオン公使一行はたらふく飲んで食って帰っていったと従僕から報告があった。

（終わった……！）

思わず厨房の床にへたり込みそうになるのを、麗月はどうにか堪える。

皇城の厨房と西洋式の厨房、それもギードや崑崙人たちに指示を出しながら料理するのとでは勝手が違う。そのほかに常に晩餐室の声に耳をすませるなど、鍋の中身以外にも気を使わなければいけないことが多すぎる。

（牛の肉を炙った烤炉（オーブン）もいいけど、やっぱりこの保温機は欲しいわ……）

一度にたくさんの皿を温められる保温機がなければ、今日の設宴はやり遂げられなかっただろう。どうにか皇城の厨房にも入れられないだろうかと、思わず鉄製の台座に頬ずりしながら考える麗月である。

そして、こういう姿を見られたくない相手はこういう時に限ってやってくる。

「……君は、何をやっているんだ」

呆れ返った声に、麗月は顔を真っ赤にして立ち上がったのだった。

「大公殿下が、わざわざ階下の厨房にいらっしゃらなくとも……」

「今日はご苦労だった。ウィルキンス卿もたいそう満足しておられたようだ」

麗月の恨みがましい目をしれっと無視してフリッツは厨房の面々をねぎらう。もっともギードたちは「大公殿下だ……」「洋鬼子（ヤンクィツ）だ……」と怯えきっていたので、彼らにその言葉がどこまで通じたかは定かではないが。

「それは良かったです。あんなに牛酪（バター）を使った甲斐があったというものです」

牛を食べない崑崙では牛酪もほとんど出回っていない。先日の餅乾（ビスケット）に使ったのも遊牧民族からの献上品の一部だ。だが西洋料理は牛酪を多用するので、この公使館の貯蔵庫にもかなりの量が保管されていた。

野菜を炒めたり肉を焼いたりと、麗月は初めて思う存分使わせてもらったわけだが、

「本当に、西洋の方は脂っこい料理がお好きなのですね」

「それについては我々も言いたいことがあるが、長くなるからまた後にしよう」

「？」

晩餐室の西洋人の会話を知らない麗月は、複雑そうな顔のフリッツに首を傾げた。

「……それで、アルビオンの公使の方々はどのように仰っていましたか？」

厨師の麗月は公使の会食に立ち会えないので、内容はフリッツに訊くしかない。

声をひそめて、しかし必死な顔で迫る麗月に、フリッツは肩をすくめて、

「さて。アルビオン側に何か動きがあるとしても、しばらく先だ」

「ですが……」

そこで、フリッツのうっすらした笑みに麗月は思わずのけぞった。

「何か？」

（……美形の笑顔がこんなに嬉しくないだなんて、初めてだわ）

「そもそも、なぜアルビオンの公使を最初にお招きしたのでしょうか？」

フリッツが「アルビオン公使を呼ぶ」と言い出したのはガリア公使館の夜会だが、
フリッツはあの場でウィルキンス卿と型通りの挨拶しかしていなかったはずだ。

「理由はいくつかある。まず歴史的にアルビオンとガリアは仲が悪い。海峡で接している国だからな、過去に何度となく戦争になっている」

今回の崑崙の領土分割については両者の要求する利権はぶつかっていなかった。だが、その均衡はいつ崩れるともしれない脆弱なものだ。

「私はほんの少し、ウィルキンス卿の背を押してやっただけだ」

「……それが、あのローストビーフなのですか？」

「そうだ」

肉料理はローストビーフにしろとわざわざ指定してきたのはフリッツだった。

「アルビオンの名物だからな。欧州の料理が恋しくなっているところに出せば、食いつくのはわかっていた」

そして母国の料理に喜んでいるところに、そっと牛肉の出所の話をするわけだ。

「でも……ガリア側がそれを知ったら、さぞやお怒りになるのでは」

「――どうやって？」

不敵な笑みに麗月はまたも言葉を失った。

「私はただの一度もガリアの取り分を奪えとは言っていないぞ」

フリッツはただ公使としての情報交換をして、ローストビーフを振る舞っただけだ。

「たとえこの公使館の者、あるいはウィルキンス卿の部下がガリア側に情報を漏らしても、伝わるのはそれだけだ。せいぜい、我がプロージャはアルビオンにずいぶん下手に出たものだと思われるくらいか」

そこで麗月は李国慶の言葉を思い出した。

食卓外交――食卓とは言葉に依らない〝会議〟である、と。

「そもそもウィルキンス卿が崑崙の料理にうんざりしていなければ、ああもローストビーフが好きでなければ、ただ牛肉を食べて終わりだ」

「そういえば、ガリア公使館でも牛の肉を食べていらっしゃいましたものね……」

不確定要素が多いが、うまくいけば相手の興味を強く引くことができる。

公使とて人間だ。美味いものを食わせてくれたほうに与したい気持ちはあるだろう。

そして、と最後にフリッツは付け加えた。

「アルビオンは昔から料理が不味……もとい、こだわらない国だからな。あのビーフシチュー擬きでも喜んで食べていたくらいだ。結果的に味には問題なかったが、欧風料理にまだ熟れていない君でも問題が起きる可能性が減ると踏んだ」

「……そ、そうですか」

言いたいことは山ほどあるが、ぐっと堪えた自分を褒めたい。

(ええと、ご飯の不味い国のことはともかく……)

狙い通りにローストビーフに浮かれていたウィルキンス卿だが、彼とて一国の公使である。牛肉欲しさに隣国と事を構えるほど馬鹿ではあるまい。

フリッツにけしかけられたことはウィルキンス卿とて理解しているだろう。ガリアほどではないにせよプロージャとの関係だって複雑だ。どちらとの関係を重視するかは、ウィルキンス卿の腹次第。

「だが、悩んでくれればそれだけ我々が切り崩す隙も生まれるというものだ」

またもやフリッツは冷たい笑みを浮かべたのだった。

（これが、食卓外交……）

慣れない西洋料理も最後まできちんと食べてもらえたし、フリッツの言葉からすれば反応は悪くなかったようだ。公使館の厨師としての仕事はできたのだろう。

（……でも）

自分が知っている〝料理〟とあまりに違いすぎて、麗月は戸惑うしかない。

（妾が爸爸から教わった料理は、こういうものだったかしら……？）

「あの、フリッツ」

「何だ」

「妾の今日の料理は……美味しかったですか？」

「悪くはなかった」

フリッツはごく短く言った。

「さきほど言った通り不安はあったが、杞憂に終わったようだ。ウィルキンス卿も部下たちも違和感なく食べていたようだし、ローストビーフの切り口も薄桃色で綺麗なものだった。前菜のマリネも生臭みがなく……」

「ですから」

くどくど語るフリッツを強引に黙らせる。

「妾は、美味しかったのか、それとも不味かったのかと聞いているのです」

「悪くはなかったと言っているだろう」

フリッツは明らかに困惑した顔だ。

「君の今日の働きに文句をつけるつもりはない。それで何が不満なのだ？」

「『悪くない』と『美味しい』では、意味が違いすぎます！」

厨房の隅で様子を窺っていたギードは泣きそうな顔で保温機の陰に隠れてしまい、三人の崑崙人は会話の内容がわからないながらもじりじり裏口の扉に向かっている。

「不味かったと仰るならば、妾は別の味付けを考えなければいけません。美味しいと仰っていただければこの味をさらに洗練させます。『悪くなかった』はどちらですか！　東洋人の小娘の料理は、褒める価値も貶す価値もありませんか！」

一息に喚く麗月に、フリッツは呆然とした顔だった。

この反応をまるきり予測していなかったという風だ。澄ました顔を崩せただけでもちょっとだけ気分がいい。

ただし、その顔はすぐにいつも通りになってしまった。

「まず、私は君を東洋人だからと馬鹿にした覚えはない」

「ですが……」

そこで震えているギードにしろ先日の夜会にしろ、西洋人は東洋人を卑下する傾向がある。ましてフリッツは先日まで崑崙人を相手に戦っていた人間だ。

「この国は旧態依然だと思うことが多いが、私は聡明な東洋人も知っている。そもそも東洋人はみな愚かだと思っているなら、李将軍（ゲネラル・リー）と手を組んではいない」

麗月は内心で首を傾げる。知り合いの東洋人が李国慶の他にもいるのだろうか。

「そして君が私が褒めたとして、そこに何の意味がある？」

眉間に何本も皺を作って、

「美辞麗句は現実的ではない。損害はないと言われた方がわかりやすいではないか」

「ですから……」

麗月はぐったりと肩を落とした。

ひとつだけわかった。フリッツには別に自分を馬鹿にしているつもりはないのだ。

「で、では！　フリッツはどのような料理が不味いと思われますか⁉」

褒めるのが性に合わないなら、逆方向なら攻めてみるのはどうかと思ったのだが、

「帝宮（ホーフブルク）で何でも食べられるよう教育されたからな。皇族に名を連ねる者が、いちいち料理に文句をつけるなど情けないにもほどがある」

「……うっ」

同じく皇族だが美味しいもの大好きの麗月はちょっとだけ怯んだ。

「ならば崑崙の料理はいかがです？　苦手ではないのですか⁉」

西洋人に崑崙料理が口に合わないのはアンドロポフ伯の態度でよくわかった。今日の設宴で西洋料理を指定されたのも、ローストビーフの件に加えてそれが理由だろう。

勢い込んで尋ねる麗月に、フリッツは一瞬だけ黙り込む。

「崑崙料理には慣らされた」

「……慣れ？」

「食糧が残り数日分しかない状況で、口に合うだの何だのと言ってはいられまい」

淡々とフリッツが言うのに麗月は絶句した。

西洋の大国プロージャの皇族がどうすればそんな餓死寸前の状況に陥るというのか。

「……もしかして、籠城中ですか」

おそるおそる尋ねると、フリッツは険しい顔で頷いた。

二ヶ月に渡る籠城戦、しかも焼き討ち事件が起こったのは夏だった。暑い中、慣れない土地での籠城がどれだけ苦しいものだったのか、麗月には想像すらできない。

ぼそりとフリッツは言った。

「李将軍と君には悪いが、やはり私には食卓外交というものは理解しがたい。一国の公使ともあろう者が、料理が美味いだの不味いだので大騒ぎするとは何事か。——何より、実際に振り回される者がいることが許しがたい！」

声をひそめたのは、麗月に言うことではないとフリッツ自身思っているからだろう。

だが一方で納得もできた。

料理などどうでもいいから、料理の〝使い道〟を冷静に考えられるわけだ。

「だから私が君の料理に文句をつけることはないから、安心して良い」

「ですから、そういう言い方ではなくてですね……！」

麗月はさらに文句を言おうとするが、フリッツは話は終わったと思ったようだ。

裏口からこそこそ出て行こうとしていた四人にも声をかけてから、フリッツは厨房から出て行ってしまった。もとより政務と軍務で忙しい彼がわざわざ厨房に顔を出しただけでも珍しいことなのだ。

それを知っているから、麗月は黙って見送るしかない。

「………」

ああいう言い方しかできないのは仕方のないことではあろう。聖太后も滅多なことでは臣下を褒めないし、実は叱責するにも慎重だ。自分の一言一句が重大な影響をもたらすと自覚しているからである。

ただフリッツの場合はおそらく、それ以前の問題だ。

（……何かを食べて〝美味しい〟と思ったことがあるのかしら、あの方？）

麗月は養父に美味しいものをたくさん食べさせてもらった。

公主として皇城に上がったとき、初めて会う祖母――聖太后は表情も変えなかったけれど、それでも「料理ができる」という言葉には興味を示してくれた。だから〝不吉な公主〟と陰口を叩かれながらも皇城で居場所を見つけることができた。

今や征服者となった八カ国の大公なのに、そんなささやかな喜びも知らないなんて、それはあまりに寂しいことではないか。

（――それに、腹が立つ！）

旗袍（チーパオ）の下で麗月はぐっと拳を握った。

いいだろう、自分の使命は〝食卓外交〟なのだ。美味しいものをたくさん食べさせて味方につけるべき公使が、ひとり増えただけのことだ。

（妾（わたし）の料理が美味しいと、絶対に言っていただきますからね！）

＊

フリッツは公使館の執務室で、何通も積み上がった手紙の封を切った。

籠城戦の最中はこの部屋にも武器や弾薬を積んでおいたものだが、今はそれらも片付けられて、公使が日常業務をこなす部屋へと戻っている。本国から持ち込まれた執務机や調度品に囲まれていると、ここが崑崙であると忘れてしまいそうだ。

「……これは、李将軍(ゼネラル・リー)からか」

崑崙が独立を維持できるよう力を尽くしてはいるが、さりとて公使、あるいは皇族として、フリッツは他の可能性……領土が八分割された場合にも備えなくてはならない。現状はまだそちらの可能性のほうが高いのだ。

差出人の名も書かれていない手紙は、その根回しのうちのひとつである。

協議の結果、たとえルテニアが主張するように崑崙を分割することになったとしても、統治は崑崙人の官僚や商人を取り込まなければ立ち行かない。崑崙でも指折りの名家である李一族と繋がりを持つのは、プロージャ公使としては当然のことだ。

(もっとも、女帝(カイザリン)がこれを見たなら売国奴と激怒するだろうが)

李国慶からの手紙に書かれているのは、一族の商人に便宜を図ること、港湾の利権についての見返り、などなど。直隷総督の手紙としてはきわめて不適切に違いない。

そして崑崙という国が消滅した場合の、皇族の扱いについて。

「…………」

王朝の交代劇に流血と処刑が付き物なのは、欧州であろうと東洋であろうと同じだ。

聖太后や麗月の兄にあたる皇帝の命数は、実のところフリッツにすら保証できるものではない。李国慶がひそかに持ちかけてきたのも別の皇族のことである。

「姫の亡命……か」

李国慶と交わした密約は、万が一の際は姫を保護してプロージャ本国に連れ帰るというものだ。

面倒ごとを押し付けられたように見えるが、実はプロージャにも利益は大きい。

亡命した姫とプロージャ皇族の婚姻が成立すれば現地民から支持を得やすくなるし、首尾よく男児が生まれれば旧崑崙地域の皇位請求権が発生する。家系図を遡って後継者争いが起きるのは欧州では日常茶飯事だ。

そしてプロージャ帝国は政略結婚を繰り返すことで版図を広げていった国である。

（結婚とは、〝可能性（ホーフブルク）〟である……か）

プロージャの帝宮でよくある言い回しだ。

崑崙側としても、うまくいけば皇帝の血脈がプロージャと混じるにせよ続くことになる。李国慶はそこにわずかにでも祖国復興の希望を残したいのだろう。

――その、李国慶の提示してきた姫が誰であるかは言うまでもない。

「あの姫は、どう見ても馬鹿ではあるが」

庶民として育てられたせいかどうかは知らないが、周囲の危険も顧みずに突っ走るし、敵味方の区別はつけないし、料理のことしか頭にない。李国慶が姫の中から麗月を選んだのはプロージャ語ができるからだろうが、あれに祖国の未来を託すつもりかと思わず問いただしたくなるフリッツである。

「…………」

政略結婚などありふれた話ではあるが、そうなった場合、敵国に連れ去られる麗月の意思や尊厳はまったく斟酌(しんしゃく)されない。むろん命を長らえるだけマシではあろうが。

厨房の烤炉(オーブン)の前で小躍りする麗月の姿が、なぜか不意に思い出される。

(……馬鹿でなくなってしまうのは、それはそれで残念な気はするな)

なぜそんなことを思ったのかは、今のフリッツにはよくわからなかった。

第三章　皿の上の祖国

それからもしばらく公使たちの個別協議が続いた。

プロージャ公使館でまともな料理が食べられるという噂はたちまち各公使館に広まり、フリッツが招待すればどの公使も喜んでやってきた。そして西洋料理に舌鼓を打つうちに、フリッツにあることないこと吹き込まれるという流れである。

（あの怖い笑顔で本当に交渉ができているのかしら……？）

麗月は不思議でならないのだが、他の公使たちとはにこやかに話しているので問題ないらしい。

二週間後、全体協議がふたたび皇城で行われることになった。

公使館の厨房で働く間は西京市内の李国慶の別宅に間借りしていた麗月も、聖太后の通訳のために皇城に戻らなくてはならない。

「ところで、どうしてわざわざ皇城に公使の方々を集めるのでしょう？」

フリッツの馬車に同乗しながら麗月は尋ねた。

八人の公使は頻繁に互いの公使館を行き来して協議を進めている。顔合わせに近かった前回はともかく、いまさら協議に崑崙人を同席させる意味がわからない。

「つまりは独走禁止だな」

フリッツの説明は相変わらず身も蓋もなかった。

講和条約は八カ国の合意、そして崑崙を含めた九カ国の署名をもって成立する。

だが内容がまとまるより先に永祥、あるいは聖太后が亡命したり宝物を売り払ってしまうかもしれない。あるいはどこかの国が皇城に軍を突入させて皇族や宝物庫を独占するかもしれない。いずれにせよ八カ国で利益を分け合えない状況になることは往々にしてあり得る。

なにせ西京市の郊外にはまだ八カ国連合軍が駐留しているのだし、

「そのような無茶をしそうな公使には君も覚えがあるだろう?」

「……ええ」

どう考えてもルテニアのアンドロポフ伯のことだ。

つまり定期的に皇城に集まるのはお互いを、そして皇族を牽制するためのようだ。

「特に、そろそろ冬が近づいているからな。ルテニアとしては歯痒いところだろう」

「冬、ですか?」

麗月は首を傾げた。

「この西京市は緯度が高いからな。我々よそ者にはもう、だいぶ肌寒く感じる」

「そろそろ綿入れや毛皮の襟巻きを準備する時期ですしねえ……」

「ここの住人は防寒具を持っているが、郊外に駐留している兵には持たせていない。もちろん必要であれば支給するが、そもそも気候が身体に合わない場所だ、体調を崩す兵も多く出てくるだろう」

「ずいぶん兵にお優しいのですね」

「駐留にかかる経費は、後で賠償金と一緒に請求するだけだからな」

「………」

とはいえ防寒具を配ったところで限度はある。冬になれば占領軍が弱体化するというなら崑崙にとっては望ましい話にも思えるが、

「とはいえルテニアだけは違う。あの国は崑崙のさらに北にあるからな、この程度は寒いとも思っていないだろう」

麗月は考え込んだ。となると、いったい冬に何が起こるだろうか。

「七カ国の軍が寒さで動けない中、ルテニアの兵だけは元気だから……」

「そうだ。そしてアンドロポフ伯は、領土を得るためなら強硬手段も辞さない質だ」

「……だから独走、ですか」

さきほどのフリッツの言葉を麗月は繰り返した。

「もちろん我々もそれは阻止したい。だから、条約案は冬までにまとめなければならないというのが各国の暗黙の了解だ。長引くようなら、西京市ではなく別の都市で改

めて会議を行うことになるだろうな」

「そうですか……」

とにかくフリッツの指示通りの料理を作るのに夢中で、それ以外のことを考える余裕などなかったので、唐突に〝終わり〟が見えてきたことに麗月は戸惑うしかない。

ちらりとフリッツを見上げると、彼は眉間に皺を作りながら書類に目を通している。

（冬にはもう公使館での仕事も……この方とご一緒することも、なくなるのかしら）


そして皇城に戻った翌日、麗月はふたたび女官の扮装をして聖太后の横に控えた。

「麗月、身体はもう大事ないか」

「は、はい！　老祖宗（ラオヅツォン）さまのお心遣い、心より感謝いたします」

内心でだらだらと冷や汗を流しながらお礼を申し上げる。

プロージャ公使館にいる間、女官には「長白公主は体調が悪く伏せっている」ことにしておいてくれと頼んである。ただ内廷を統括する安慈海や聖太后は、麗月が宮殿の自室にいないことくらいはとうにお見通しだろう。

（……今はまだ、お目こぼしくださるようだけど）

乾清宮の会議の間の設えは前回と変わらないように見えた。

円卓には八カ国の席、そして衝立の奥にはふたつの玉座。

（……え⁉）

麗月が目を見張ると同時に、扉の側に控えていた宦官が声を張り上げた。

「万歳爺（ワンスイイエ）の、出御（しゅつぎょ）である！」

扉が開かれ、きらびやかな衣装の宦官に先導されて黄色い衣の少年が入ってくる。

彼はまず聖太后に丁重に父祖への礼をしてから、もうひとつの玉座に腰を下ろした。

「何を狼狽えておる、麗月」

「申し訳ありません！　……その、万歳爺がお出ましになるとは存じ上げなかったものですから」

前回は、聖太后は頑として永祥を会議に出そうとしなかったはずだ。

「外つ国の者どもが恐れ多くも万歳爺に出御せよと何度も申すのでな。予は反対したが、万歳爺は気丈にも自らお出ましになると仰せになった」

おそらく聖太后では話にならないと思った公使たちが要請したのだろう。

ただ、それにどれだけの意味があるかはわからないが。

（……お姿を見るのも、久しぶりだわ）

双子の兄妹でありながら、麗月が永祥の顔を見ることは滅多にない。

麗月がもっぱら厨房に籠もっているのに対して、永祥は主だった妃嬪のいる別の宮殿、あるいは聖太后とともに養心殿にいる。会う機会があるとすれば永祥に呼び出されたときだが、それは八年で数えるほどしかなかった。

（前よりも、もっとお痩せになられた気がする……）

崑崙の皇帝は線の細い少年だった。

豪華絢爛な衣に埋もれる聖太后に対して、永祥は今にも黄色の衣と冠に潰されそうに見える。彼の今の立場を思えば、それは麗月の気のせいというだけではないはずだ。

だが今、麗月が永祥に声をかけることはできない。

永祥の側にも宦官と通訳がいるし、公主から皇帝に話しかけるなどもってのほかだ。

ほどなく八人の公使が会議室に入ってくる。

フリッツも麗月、そして壁際の李国慶には気づかぬそぶりで自分の席に着いた。

「――さて」

会議の口火を切ったのは、片眼鏡（モノクル）を光らせたアンドロポフ伯だった。

建前上は八人の公使は対等のはずだが、やはり気が逸りがちな人物らしい。

「我がルテニアの要求は以前に申し上げたものと変わりません。東北三省の租借、そして首都ピエタリとこの西京市を結ぶ鉄道の敷設……」

「伯はまるで東北三省が既に己の物であるかのようだが、そうではありますまい」

朗々たる演説を遮ったのはアルビオン公使、ウィルキンス卿だ。

「まずは虚心坦懐に各国の望むところを述べるべきだろう。それからで……」

「卿は、この十日間、我々が何も交渉を進めていなかったとでも言うのか⁉」

ガリア公使、オータン＝スタール公がいささか慌てたように割って入っていた。

（今回もこうなるのね……）

必死で通訳しながら麗月は内心で頭を抱える。

三国の論争をアメリゴ公使は面白そうに、秋津洲の公使は困った顔で眺めている。

そしてプロージャ公使フリッツはと言えば、

（……笑っているのではないかしら、あれは）

フリッツは険しい顔でアンドロポフ伯たちが怒鳴り合うのを眺めている。

だが、その口元がかすかに吊り上がったようだ。ここしばらくプロージャ公使館で彼の顔を見続けてきた麗月だからこそ見分けがつく。

あの笑顔は「狙い通りだ」とでもいったところだろう。

（つくづく笑顔に何のありがたみもないお方だわ）

そこで、ふと思う。

フリッツは将来のプロージャ帝位を狙っているが、それはあくまで彼個人の目論見であり、まずはプロージャ公使として崑崙に賠償させるのが仕事だ。領土の切り取り……西洋諸国の無秩序な領土拡張は避けたいようだが、ならば代わりに何を要求するつもりだろうか。

そんなことを考えているとフリッツが発言し始めた。

内容はおおよそ麗月の想像通りだった。賠償金、鉄道や電信の敷設権、関税、「最低でも総理衙門の解体とそれに代わる外交部の設置、そして国立銀行の創設は急務でしょう」

（……外交部？）

慣れない言い回しに通訳する麗月は大変だが、何人かが「ああ……」と唸った。

「そもそもこの国は、問い合わせひとつにも時間がかかりすぎる」

「巡撫（地方官）に問い合わせれば『中央に言え』、総理衙門に言えば『皇帝陛下に奏上するからしばし待て』、皇帝は『そのような些事は総理衙門に一任している』、ですからな」

もともと崑崙には外交を専門に扱う部署がなかった。

というより〝外交〟という概念がなかったと言った方が正しい。

崑崙と他国の関係は冊封（臣属）、あるいは朝貢である。外国の王が皇帝の徳を慕って貢物を持ってやってくるので、皇帝は彼らに庇護を与えるという形式だ。

近年、西洋人が増えたために総理衙門が設置されたものの、この考え方は継承されており、あくまで諸外国と皇帝の連絡役でしかない。現在は外国の問い合わせに返答するにも皇帝が直接裁可しなくてはならない。他国に恩賜を与えるのは皇帝だからだ。

「この図体の大きな国にいつまでも不安定でいてもらっては困るのです。他国への扉を開いてこそ国内は安定し、他国……欧州、いや世界の全体の均衡は保たれる」

少し、会議の空気が変わったようだった。

まずアンドロポフ伯の表情がぴくりと震えた。他の六人の公使は無言だったが、視線だけでお互いの顔を見合わせている。

（ああ、そうか）

これまでフリッツは領土分割派であるかのように振舞っていた。

だがアルビオンやガリアの利害関係にヒビが入ったと確認して、今ここで立場を翻したのだ。

麗月はあらかじめフリッツの真意を聞いていたけれども、他の公使は寝耳に水だったはずだ。ウィルキンス卿はさすがに渋い表情をしているし、対してアメリゴ公使などは今にも手を叩いて笑い出しそうな顔をしている。

「大公殿下、プロージャの皇帝陛下は……」

「私は本国の皇帝陛下より、この交渉に関する全ての権利を授かっております」

オータン＝スタール公の言葉を一蹴して、フリッツは朗々と述べる。

「そのためには崑崙の女帝（カイザリン）にも、己にまつろわぬ対等な国々が世界にはあるのだと、いい加減に認めてもらわねばなりますまい」

皇城で聴くにはあまりに皮肉な台詞だ。

そこで、麗月はびくっと肩を震わせた。

聖太后はただ静かに玉座に座っているだけだ。だが黄色の衣装に施された龍の刺繍が、巨大なうねりとなって今にも迫ってきそうな迫力を感じる。――有り体に言えば、この上なく怒っておられる。

「……ならぬ」

小さな呟きを訳するべきか、一瞬、麗月は躊躇した。

戸惑ったその隙に聖太后はばさりと黄色い衣を翻して立ち上がってしまう。

「ならぬ、ならぬ、ならぬ！　土地でも金でも、そこの蛮人どもが欲しいというならいくらでもくれてやれ。だが、それはならぬ！　太祖さまが創り上げたこの国のあり方を変えることは、罷り成らぬ！」

さすがにこれは麗月には訳せなかった。ただでさえ公使たちは聖太后に呆れているのに、これを伝えてしまうと聖太后の立場そのものが危うくなる。

「老祖宗(ラオヅツォン)さま！」

どうにか引き留めなければと思ったところではっと思い出す。

今日は隣に永祥がいるのだ。皇帝であれば聖太后に意見することもできるはずだ。

(万歳爺(ワンスィイエ)、何をしていらっしゃるの!?)

だが聖太后の突然の荒ぶりようにも、永祥はぼんやりとこちらを見ているだけだ。

その顔は傍目にも真っ青で、薄い肩をかたかたと震わせている。

「このような茶番は、もう終わりじゃ！　予にそのようなものを見せるでない！」

金切り声を上げて聖太后が出て行ってしまう。壁際に控えていた宦官や他の女官たちが慌てて聖太后を追いかけていくのが目に入った。

「……女帝(カイザリン)は、またあの様(ざま)か」

「まあ、自分の帝国がただの張り子の虎だったと認めたくはありますまい」

衝立越しに公使たちの冷ややかな声が聞こえる。

「――麗月、何をしておる！」

聖太后の声を無視して、麗月は大股でもうひとつの玉座に歩み寄った。

「貴様、無礼……」

「無礼はそちらでしょう、妾(わたし)は万歳爺と父母を同じくする身なのですよ！」

ぎょっとした顔の宦官と役人はひと睨みで黙らせた。皇帝に勝手に近づくなど言語道断ながら、相手が公主だとようやく気付いた宦官は、それはそれで顔から血の気を引かせている。

「万歳爺、なぜ何も仰らないのです！」

麗月が永祥の耳元で話しかけると、永祥はびくりと肩を震わせた。

まるで麗月が聖太后であるかのように唇をわななかせながら見上げてくる。

「崑崙はあなたの国なのですよ!?　この会議は、崑崙の行く末を決めるものではありませんか！」

「朕に何をせよと！　朕が何か申して、それで変わることがあるとでも言うのか!?」

その声の小ささに麗月は思わず言葉を失った。

実際この会議における崑崙の役割はなく、皇城で会議をやるのもただ単に抜け駆けを避けるためだ。少なくとも永祥はその事実をきちんと把握している。

しかし、それでも。

「それに朕は、老祖宗（ラオヅォン）さまの御心にだけは逆らうことはできぬ」

皇帝としてできることはあるはずなのに、聖太后に怯えるばかりで動こうとしない。

「ですが、万歳爺（ワンスイイエ）……」

「うるさい、外でのうのうと暮らしていたそなたにいったい何がわかる！」

永祥の叫びに麗月はぎくりとした。

麗月は公主の身分を剥奪されて市井で育った。だがそれは永祥からすれば、皇族の重責を負うことなくのうのうと過ごしてきたと見えたかもしれない。

そして、今もまた外にいる。麗月自身は崑崙のためだと信じているが、李国慶と計らって城から抜け出し、プロージャ人の指示で料理を作り続けている今の自分は、傍目にははたして何と見えるだろうか。

「万歳爺……」

「妹ならと思った朕が愚かであった。呼び戻しても何の役にも立たぬではないか！」

かすれた永祥の声に、麗月はもはや何を言うこともできなかった。

「では、せめて、公使たちの言葉をお伝えするお役目を妾にくださいませ！」

「……好きにせよ」

側にいる総理衙門の役人もプロージャ語はできるようだが、公使たちの会話に追いつけていなかった。あれでは永祥がこの会議に出てきた意味がまるでなくなる。

衝立の奥の剣呑な気配を感じたのか公使たちは顔を見合わせていたが、李国慶の取りなしを挟んでふたたび議論を再開する。

だが会議は紛糾し、結論はしばらく先送りされることになった。

「確かに皇帝の言う通り、崑崙の代表者がいようといまいとさして関係はない」

深夜、麗月はふたたびフリッツと李国慶に向き合っていた。

今回は人気のない武英殿ではなく、西京市内にある李国慶の別宅である。

「まあ……皇帝の無事を願うならば、アンドロポフ伯あたりに妙なことを吹き込まれないよう、君からも注進しておくことだな」

「……そうですね」

昼間の会議についてのフリッツの端的な感想である。

「ところで以前から気になっていたことがある。……君の地位についてだが」

唐突な話に麗月は目を瞬かせた。

自分が〝不吉な〟双子だという話は折を見てフリッツにしておいたはずだが。

「君を皇城に呼び戻したのは今の皇帝(カイザー)という話だが、なぜ、そんな真似をしたのだ？　双子の君の存在を明らかにすれば、自分とて〝不吉〟との誹りを免れないことくらい、予想できただろうに」

「それは……」

「そこは私がご説明いたしましょう、大公殿下」

李国慶が話を引き取ってくれた。

「先の皇帝陛下と皇后陛下は……麗月の父君と母君でもありますが、数か月で相次いで御隠れになられましてな。それがあまりに急だったので、当時、まことしやかに噂されたのですよ。――老仏爺(ラオフォイエ)が二人を弑したのだと」

さしものフリッツもしばし黙り込んだ。

「だが、なぜ崑崙人はそうも女帝(カイザリン)を恐れるのだ？　実家の力が強いとしても……」

「実家？」

麗月が首を傾げ、李国慶が苦笑いしながら解説を続ける。

「西洋と違って、崑崙では妃の血筋はそこまで重要視されないのですよ。かつては名門の娘を娶ることも多かったそうですが、外戚に政を恣(ほしいまま)にされる事例があまりに多かったので、近年はむしろ敬遠されます」

「女帝は貴族の出身ではないのか」

「老祖宗(ラオヅツォン)さまは西方のだいぶ田舎……いえ、風光明媚な土地のお生まれです」

フリッツがわずかに目を見開き、麗月は李国慶に睨まれて慌てて言い直した。

さすがに皇后はそれなりの家から迎えられるが、外戚に権力を与えないよう子を作らないことも多い。皇位継承は皇后の男児を優先するというしきたりはあるものの、実際に適用されることはあまりなく、たいていは大勢いる妃嬪の子供から選ばれる。

下級妃として男児を生んだ聖太后も、我が子を皇帝にするために戦ったはずだ。

「その皇位継承争いの中で、有能な皇子がいたとしても減らされてしまうわけです」

そのせいで先代の皇帝が不審な死を遂げ、わずか八歳の永祥を皇帝に据えざるを得なくなったときには、後見をこなせるだけの有力な叔父がいなかった。

「それで祖母にあたる女帝が後見役となったわけか」

「ええ。それまでも老仏爺は先代、先々代を能くお輔(たす)けしておりましたからな」

そして八年が経った今では皇城に君臨している。

「となると、皇帝とそこの姫を前の皇后が産んだというのは……」

「ええ、八代前の憲帝以来です。歴代の王朝を通じても少数派でしょうな」

(その皇后陛下の御子が双子だったのだから、さらに珍しい例だわ)

慌てふためいて女児をいなかったことにしても無理もない、とどこか他人事のように考える麗月である。会ったこともない皇帝、皇后が親だと言われても実感がまるで湧かないのだ。

ただ永祥はそうではなかったのだろう。

祖母が父母を殺したという噂に晒され、叔父たちが聖太后に排除されていくのをわずか八歳の少年が目の当たりにしたのだから、その不安はいかばかりだったか。

「だから皇帝は君を呼び戻したのか。同時に生まれた妹なら味方になるだろうと」

「きっと、そうなのだと思います」

けれど皇城のしきたりで、双子の兄妹でも顔を合わせる機会はほとんどなかった。

そして今なお永祥は聖太后に怯え続けている。

「無遠慮に尋ねて申し訳なかった。……君も色々と、複雑なのだな」

思わずフリッツの顔をまじまじと見つめてしまった。

「……何か?」

「いえ、フリッツも人を気遣う台詞を言えたのだなと思いまして」

「君は、私をいったい何だと思っていたのだ？」

「プロージャ語には皮肉と嫌味の語彙しかないのかと、先日、思わず字引を確認いたしました」

「……麗月や、お前も人のことを言えなくなるからほどほどにしなさい」

李国慶の表情が孫を心配する老人のようになっている。

「まずは我々は我々のすべきことをいたしましょう。――麗月、それが万歳爺（ワンスイイエ）のためでもある」

「……はい、老爺（おじいさま）」

李国慶に諭されて麗月もようやく少し笑うことができた。

「ですがフリッツの手の平返しのせいで、会議がだいぶ荒れておりましたが……」

「さすがは大公殿下、良い仕事をすると思いましたとも」

李国慶はけらけら笑っているが、麗月はあのアンドロポフ伯の大声を思い出すだけで胃が痛くなってくるくらいだ。政の世界は怖いとつくづく思う。

「手のひらを返したところで……公使の方々をもっと喧嘩させるのでしょうか？」

「むろん切り崩し工作は続けるが、別の流れを並行して作らなくてはならない」

「……流れ、ですか」

麗月は鸚鵡返しに呟いた。

「以前に言ったが、会議で過半数を取れば、領土の分割案は却下されるかもしれない」

「はい」

「領土分割派は揉めていて、アンドロポフ伯もあれを取りまとめるのは難しいだろうが、さりとて我々に有利というわけでもない。過半数の意見をまとめなければいけないのはこちらとて同じなのだ」

まず八分の五を取り、それをもって残りの国を納得させる。

言うのは簡単だが相当に困難な道のりだ。

(ルテニア、アルビオン、ガリアは揉めている真っ最中だから……)

「次に妾(わたし)たちが交渉するのは、アメリゴと秋津洲……ですか?」

「そういうことだ。よくできたな、麗月」

残念ながら褒めてくれたのはフリッツではなく李国慶である。

「あの二国は領土分割よりは利権を欲しがっているが、さりとて意見が一致するというわけでもない。それに経済的な利益がないとわかればすぐに考えを切り替えるだろう。敵ではないが、味方でもないのだ」

(……それを、説得して〝味方〟にしなくてはいけない)

麗月はごくりと息を飲んだ。

「何度か君には欧風料理を作ってもらったが、これからは崑崙料理を頼むことになるだろう」

「え？　だって……」

西洋人には崑崙の料理は口に合わないはずではないか。

「彼らは経済的な利益を欲しがっていると言っただろう。要は崑崙という国の、上澄みにしか用はないということだ。領土を丸ごと切り取りたがるのとどちらがマシか、私にも断言はしかねるがな」

ともあれ、とフリッツは続ける。

「ただ、彼らはある種の憧憬を抱いている。――四千年の歴史を持つ崑崙に」

西洋の大公(エルツヘルツォーク)の言葉には、畏敬と説得力があった。

「我ら欧州の祖となった帝国(ロマーノ)はとうの昔に滅び、分裂して生まれた国はどれもせいぜい千年から数百年といったところだ。ましてアメリゴはまだ建国から百年程度、秋津洲は……確か、二千年くらいだったたか？」

「……はあ」

いきなり歴史の講義を総まくりで聞かされたようで麗月はぽかんとするしかないが、

「つまりだ。――彼らには、この崑崙という国に期待させ・せなくてはならない」

フリッツの言葉に、麗月は顔を上げて目を瞬かせた。

「少なくとも、切り刻んで滅ぼすには惜しいと思わせるくらいにはな」

「……それは、難しいことをおっしゃいますね」

声が震えるのが自覚できた。この大公はどれだけ人に無茶を言えば気がすむのか。

フリッツは鋭い目で麗月を見下ろして、

「君は崑崙の姫なのだろう？　ならばこの国の価値を料理で示してみせるがいい」

――不意に養父の言葉が思い出された。

皇帝は毎日、百皿の料理を食卓に並べる。それはこの崑崙という国のかたちを描き出す、皇帝にしかできない御業なのだ――と。

（それを、妾がやって……いえ、できるのかしら）

いや、と小さく首を振って考え直す。

（やるしかないのだわ）

だって自分がしくじれば、この祖国の、四千年の歴史すらなくなってしまう。

＊

とは言っても。

（崑崙の価値を示す料理……いったい、何かしら）

皇城に戻って膳房の記録が見たいと思った。膳房には歴代の皇帝に献じられた料理の食譜がすべて残されているから、その中には崑崙の珍味、歴代の皇帝が好んだ味もあるはずだ。

（でも、豪華な料理だけが美味しいわけではないし……）

養父は下町の食堂で、質素な食材でも美味しい料理を作っていた。あれこそが食材の旨味を引き出す料理の真髄ではあるまいか。

「うーん……」

プロージャ公使館の厨房で唸る麗月を、補助の四人が薄気味悪そうに眺めている。

今日はフリッツは別の公使館に招かれているので設宴はない。公使館の職員の食事は作らなくてはいけないが、内輪の食事だけで良いぶん気は楽だ。

なので、西洋式の小型の包丁でタマネギを切り刻みながら麗月は考え込んでいる。

「あ、あの、大小姐、こちらを……」

「ありがとうございます、桂」

麗月は手を止めて、洗って泥を落とした野菜を受け取った。

最初に厨房に来たときにギードに殴られていた少年である。三人の崑崙人の中でいちばん若い――と言っても麗月よりは年上らしいが――上に気も弱いようで、鍋磨きだの羽むしりだのきつい仕事ばかりやらされがちだ。

「どうしたのです、その頰は⁉」

桂の頰には殴られたような痕があった。少なくとも自分のいるところでは、下っ端を殴ってこき使う真似はさせていないはずなのに。

「い、いえ、これはこの厨房じゃなくて」

「では、どこでそんな怪我をしたのです？」

「ここに戻ってくる途中で……洋鬼子（ヤンクイツ）の奴らに会って」

ギードをちらちら見ながら小声で桂は説明する。

「あいつら、何言ってんのかわかりませんでしたけど、店の婆さんから綿入れを引っ剥がそうとしてたんですよ。そこんちには昔からたまに世話になってたんで、婆さんが殴られそうだって慌てて飛び込んで、で、これです」

あいつら追い剥ぎなんですよ、と桂は憤然とした顔だった。

まだ八カ国による西京の占領は続いている。フリッツら将校は「兵には規律を守らせている」と言うけれども、駐留が長引く中で兵たちがみな大人しくしているとは限らない。桂によれば西洋軍に乱暴された話はそこかしこにあるという。

それ自体も腸が煮えくり返るような気分になるけれども、

「でも、綿入れだったのですよね……？」

「あ、それは俺も思いました。服を脱がそうとするなんざ、どこの妖怪かよって」

そこで会話が漏れ聞こえたらしく他の二人も寄ってくる。

崑崙語がわからないギードが複雑な顔をしていたが後で謝ることにして、二人にも尋ねてみると、似たような話をいくつも聞けた。綿入れはともかく庭に積んでおいた薪を持って行かれた家は多いらしい。

（強盗をはたらくなら、もっと金になりそうなものを盗る方が自然だけど……）

そこで麗月ははたと思い出した。

ルテニア人を除いて西洋人は寒さに弱い。フリッツも最近は厚着しているくらいだ。

「もしかして、寒いから……？」

「はあ？」

情報源を伏せつつ簡単に説明すると、桂たち三人は呆れ返った顔をした。

「あいつら、もう寒がってるんですか？　まだ秋ですよ⁉」

「くそ、冬に戦争してたらこっちが勝ってたってのに！」

戦争は夏から秋にかけて起こった。その舞台となったプロージャ公使館でするには微妙な話だし、飢えに苦しんだフリッツの話も聞いている麗月としては、頷くことはできなかったが。

「なら、その婆さんには薪は家の中に隠しとけって言っておきますよ」

「防寒具まで持って行かれちまったら、おれたちが冬に凍え死ぬぞ……」

桂たちがぼそぼそと話している。表立って八カ国軍に抵抗できない以上はそうした対策しか取れないだろう。

公主といっても麗月に与えられた権限などないに等しい。皇帝や妃が庶民に施しを行うことはあるが、一日限りのことであり、長い冬を乗り切れるものではない。

（……妾には、何かできないかしら）

（せめて西洋人が、もう少し寒さに強ければ良かったのだけど……）

以前フリッツに「敵の失敗は放っておけ」と言われたことを思い出す。それはそうだろう。敗けた国の公主が征服者を心配してやる理由はない。

けれども、と麗月はまたもや考え込んだ。

「……軍の食事？」

出し抜けに麗月に尋ねられたフリッツは眉間に皺を寄せた。

「駐留軍はどのようなものを召し上がられているのでしょう？　餅乾以外で」

「別に私たちも年中、あの餅乾を食べているわけではないのだが……」

むしろあまりお世話になりたくないようだ。

「そもそも食事と言っても、本国から輸送される糧食と現地調達の食料とあるぞ」

「現地調達って、掠奪……」

「昔ならいざ知らず、現代はそうした行為は国際法で禁じられている」

フリッツは不愉快そうに顔をしかめた。

占領軍がみな法を遵守していると素朴に信じることはできないが、少なくともおおっぴらに行ってはいないらしい。軍の司令部に出入りして食料を納入している商人は、以前に麗月もガリア公使館の夜会で見かけた。

「糧食というのは例の餅乾や牛酪（バター）に乾酪（チーズ）、長期保存できる瓶詰めなどだな」

「その瓶の中には何が入っているのです？」

「そうだな、エンドウ豆の瓶詰めと……」

フリッツにいくつか食材を挙げてもらったところで麗月は唸った。

「……何か？」

「いえ、身体を温めるような食材が入っていないと思いまして」

桂たちの話を聞いて麗月が考えたのは、「西洋人が寒さに弱いなら、食事で少しでも身体を温めればいいのに」だった。敵を心配する道理はないが、これ以上、西京市民の冬の蓄えを奪われるわけにはいかない。

麗月が西京市民の被害を訴えるとフリッツも眉根を寄せた。

「こちらも手は打っているのだが……」

将校が仕事をしていないわけではないが、さりとて相手は天道そのものである。まさか空に向かって「もっと陽射しを強くしろ」と命じるわけにもいかない。

フリッツはしばし考えてから、

「ならば、君たちは冬にどのような食事をしているのだ?」

「……あ!」

この土地に暮らす崑崙人は厳冬のやり過ごし方も心得ている。その中には当然、身体を温めるための食事の知恵も含まれる。

「崑崙人の食事を真似るのも一案ではある。すべて取り入れるわけにはいかないが、郊外の木をすべて薪にするよりは合理的だろう」

「やめてください!」

洋鬼子(ヤンクイツ)、という言葉を初めて使いそうになった瞬間だった。

「とにかく、妾(わたし)たちが冬によく食べる料理をいくつか作ってみました」

夜更けの厨房で、麗月はフリッツの前にことりと器を置いた。

こんな時間にこそこそ話し合っているのは、ギードや桂たちに聞かれると麗月の素性がバレかねないのと、フリッツが忙しすぎて深夜しか時間が取れなかったからだ。

「崑崙の食事と言っても実際に作っていただくのは軍の炊事係の方ですから、できるだけ手順が少なくて、食材も入手しやすい方が良いと思います。——ですから、まずはこういうものはいかがでしょう」

麗月に示されて、フリッツは目の前で湯気を立てる皿をまじまじと見下ろす。

透き通った汁に薄切りの葱と茸、溶き卵が泳いでいるだけの簡素な湯(スープ)だ。

「具材を煮立ててとろみを付けるだけで、家でも簡単に作れるので、西京では冬にはよく食べます。西洋の方々にも違和感はないのではないかと」

「ふむ」

説明を聞きつつフリッツは餐勺(スプーン)で湯をひとくち啜る。

その姿を麗月はじっと目を凝らして見つめた。

(今度は〝悪くはない〟かしら、それとも〝不味い〟かしら……)

「味はともかく香りが変わっているようだが……これは、何が入っているのだ？」

「香りと言いますと、生姜でしょうか」

崑崙では生姜はごく身近な食材だ。羹(スープ)にも炒め物にも使える万能選手で、麗月もむろんこよなく愛している。

「生姜は香りで食欲を沸き立たせ、食べれば食欲を増進させ、発汗作用で身体がよく温まるのですよ。さらには風邪、坐骨神経痛、妊婦の浮腫みなどにも……」

「妊婦になる予定はないからそれ以上は結構だ」

ずらずら生薬の効用を語る麗月をフリッツは冷ややかな目で黙らせた。

「生姜(イングヴェア)か……」

「あまり召し上がられないのですか？」

西洋の料理の本にも生姜を使った料理はいくつも出てきたはずだが。

「そのまま食べる国もあるが、乾燥させて粉にすることが多いな」

「ならば、そういう使い方で作り直しましょうか？」

「……いや」

フリッツは首を振ったが、どこか口ごもっている様子だ。

麗月も首を傾げる。何を言われるかと身構えていたのに肩透かしを食った気分だ。

「冬の食材が生姜だけということはないだろう。他には？」

「もちろん、いくつか作ってあります」

こういうときにいくつもの皿を同時に温め直せる保温機は大活躍だ。

保温機に置いておいた鍋からよそって、麗月はふたたびフリッツに器を差し出した。

「……赤いな」

「冬に食べるものですから」

今度は湯（スープ）ではなく豚肉の煮込みだ。塊と薄切り肉という違いはあれど、ガリア公使館で食べた〝ビーフシチュー〟擬きに印象は少し似ているだろうか。

崑崙人は箸で食べる料理だが、フリッツは使い慣れないらしいので餐叉（フォーク）を渡す。

フリッツは上品な仕草で豚肉の薄切りを口に運び、

「――――!?」

彼の表情がここまで劇的に変わるのを麗月は初めて見た。

意地でも声を上げなかったのはさすがプロージャ帝国の大公と言うべきか。

フリッツは震える手で餐叉を卓に置いてから、水差しから杯(カップ)に水を注いで一息に煽った。その挙措(きょそ)すら優雅に見えるから、帝宮(ホーフブルク)の教育とやらはさぞや徹底したものだったのだろう。

「か、辛、――」

なおもフリッツは卓に突っ伏して悶絶している。

ややあって彼はようやく顔を上げることに成功したものの、麗月を見てまたもや唖然としたようだった。

「……あははははは、ははははははは！」

麗月は床に屈みこんで、肩を震わせて笑っている。

「き、君は……」

「だって、だって、フリッツのそんな顔、初めて見たんですもの」

どんな顔であったかは、大公(エルツヘルツォーク)にはあまり相応しくなかったという形容に留めたい。いつも眉間に皺を寄せるか、薄ら寒い笑顔しか浮かべていないだけに、その衝撃は絶大だった。

「〝悪くはない〟か〝不味い〟か、この二つしか仰らないと思っていたら……」

笑いすぎて腹筋が痛くなってきたので、ようやく麗月は顔を上げた。

「普段からもう少しそういう面白い顔もなされればよろしいのに」

「できるわけないだろう。だいたい面白いとは何だ、面白いとは！」

ムキになって言い返してから、フリッツは我に返ったようにごほんと咳払いした。

面白い反応までしてやる必要はないと思ったのだろう。

そして椅子で姿勢を直したときには、いつも通りの無愛想な大公の顔となっていた。

「それで？　君は私への嫌がらせにこんな激辛料理を食わせたのか？」

「馬鹿を言わないでください、妾(わたし)が食材をそんなことに使うわけがないでしょう！」

額の皺がよりくっきりしたフリッツと、心底不服な顔をした麗月は睨み合う。

「きちんと味見はしたのですけど……」

麗月は首を捻りながら、鍋から豚肉をひとかけら摘んで口に放り込んだ。味付けを間違っていたなら叩頭してでも謝らなければならないが、

「……普通だと思いますけど」

「何だと!?」

「むしろ、普段より辛さは抑えたのですよ。西洋の方に崑崙料理は口に合わないですから」

「口に合わないなどという問題ではない！」

フリッツは表情こそ取り繕っているが、声だけはなおも悲鳴混じりだ。

「断言しても良いが、これを我がプロージャの兵に食べさせたが最後、彼らは皇城に突入してすべて破壊し尽くすまで止まらないぞ。上官が制止しても無駄だ、私にだってどう止めて良いか見当もつかない」

むしろフリッツ自身が銃剣を構えて真っ先に突撃しそうな勢いである。

「……そこまでですか」

「むしろ、崑崙人はなぜこれを食べて平気なのだ？」

「冬には発汗作用があるものを食べて、身体を温めた方が良いのに……」

まるきり化け物を眺める目で見られたことは大変心外であった。

「西洋の方が苦手でいらっしゃるほうが意外です。唐辛子は西方から伝わった香辛料のはずでは」

唐辛子は、崑崙では比較的新しい食べ物とされている。実際、西京市民は冬に辛いものを頬張るのが大好きだが、伝統的な食材と調理法を重んじる皇城では滅多に使われない。

「最初に崑崙に持ち込んだ者も、ここまで大量に鍋にぶち込めとは言わなかっただろうさ……」

ぐったりとフリッツは椅子に背を預けて天井を仰いだのだった。

（……難しいわね……）

生姜は馴染めない、唐辛子は苦手となると、他には何があっただろうか。

（地下で成長する野菜、冬に採れる食べ物……）

夏の野菜は身体を冷やし、冬の野菜は身体を温めるというのが基本的な考え方だ。

だが麗月がいくつか食材を挙げてみても、フリッツは渋い顔をするばかりである。

「まず湯（スープ）にはとろみをつけることです。それだけで冷めづらくなりますから」

「ふむ」

いくつか注意点を述べるが、このくらいは既に軍の炊事係もやっているだろう。

「やはり、生姜を使った方がよろしいのでは？」

「いや、それは……」

むしろ、なぜ生姜をそこまで嫌がるのかわからない。

「プロージャの帝宮（ホーフブルク）で、何でも食べられるよう教育されたのではなかったのですか？」

「別に、食べられないというわけではないのだが」

「そもそも大公ともあろうお方が、好き嫌いはいかがなものかと思います」

「だから、食べられないわけではないと言っているだろう」

「これは八カ国の軍のための湯なのですから、フリッツひとりの好き嫌いで……」

そこまで言ったところで、麗月は思わず続く言葉を飲み込んだ。

　フリッツの唇が笑みの形に吊り上っていた。たびたび麗月をのけぞらせる、美形なのにまったく嬉しくない笑みだ。

「君がこうまでして私に媚薬を飲ませたがるとは驚きだ。二人きりの厨房で熱烈な誘いを受けたのだ、ならば私も鍋ごと飲み干してみせねばならんな」

「び、び……」

（媚薬⁉）

　生姜が媚薬であるなどという話は聞いたこともない。だが、さきほど麗月自身が語った通り生姜には発汗作用があるから、西洋ではそこから転じて性的な効果があるという話になっていても不思議ではない。

　ただ、フリッツの秀麗な顔からそんな言葉が発せられたのが衝撃だった。

（それに、それに……）

　フリッツがかつんと足音を立てて椅子から立ち上がる。

　彫りの深い顔立ちが角灯（ランプ）の光を受けて深夜の厨房に浮かび上がる。端正な顔に薄い笑みを浮かべ、金色の髪はちろちろと燃える炎と同じ色に輝き、背は見上げるほど高く、胸板の厚さは服の上からでもわかるほど。

　それが手を伸ばせば届く距離にいる。

「君はさっき私をさんざん笑ってくれたからな。ならば私からも礼をせねばなるまい」

「こ、来ないでください⁉」

水煮肉片（肉の唐辛子汁煮込み）の衝撃ですっかり忘れていたが、フリッツは先に生姜入りの湯(スープ)も飲んでいたのだった。自分のような〝不吉〟な公主、こんな淑やかさの欠片もない公主にまさかとは思うけれど、まさか。

「………………」

真っ赤な顔で床にへたり込んだまま後ずさる麗月を、フリッツは呆れ顔で見下ろす。

「……崑崙人は冬の間、生姜を食べてずっと盛っているのか？」

「そんなわけないでしょう‼」

「ならば、私もそういうことだ」

大きくため息をついてからフリッツはふたたび厨房の椅子に腰掛け直した。

（そ、そういうこと……）

東洋と西洋では食べ物にまつわる迷信も異なる。どうりでなかなか生姜について言いたがらなかったわけだが、冗談ならば冗談だともう少しわかりやすい表情と態度で付け加えておいて欲しかった。

気が抜けたままふらふら立ち上がる麗月に、

「……女性に、無遠慮なことを言って悪かった」

「わ、妾(わたし)も、しつこくしつこくからかって申し訳ありませんでした！」

「……ああ」

なおもフリッツは少し腑に落ちない顔をしていた。その理由は麗月にもわかる。崑崙であれプロージャであれ皇位を血族に受け継がせる以上、宮殿は性的な話題と無縁ではいられない。ましてや麗月の暮らす内廷とはあまたの妃嬪が皇帝の寵を争う場所である。

「でも、だって、妾は結婚なんてできるわけがありませんもの！」

ぷいっと顔を背ける麗月を、フリッツは笑うかと思ったが、なぜか片方の眉だけ跳ね上げた。

「それは例の、皇帝(カイザー)と君が〝不吉〟な双子だと言う話か」

「ええ」

長公主、すなわち麗月の異母姉妹は大勢いる。その中からケチのついた公主を敢えて望む者はいないだろう。永祥でも降嫁先を定めるくらいはできるかもしれないが、縁の薄い妹のためにそんな気配りをするとは思えない。

だが、フリッツはなおも何か言いたげな顔だ。

「……知らぬは当人ばかりなり、か。もっとも不確定な情報で混乱されても困るが」

「？」

麗月が首を傾げたところで、フリッツは生姜の湯をよそった器にふたたび視線を戻した。

「ところで、このスープについてだが」

「はい、ええ、そういえばその話をしていたのでした‼」

麗月も慌ててそちらに向き直り、ついでに余計な考えも振り払う。

残った〝媚薬〟入りの湯(スープ)は明日の厨房での賄いにでもすることにして、麗月はふたたび相談に戻る。さらにいくつかの食材を検討してみたが、西洋人には馴染みがないか、あるいは良い印象がないようだ。

「効果と値段、入手しやすさを考えると、やはり生姜が良いと思うのですけど……その、西洋で妙なことになっているのを除けば」

フリッツも腕組みしてしばし唸っていたが、

「――生姜(イングヴェア)は、崑崙語では何と言う？」

「？　ええと、生姜(センジアン)ですが」

「わかった。では炊事係には、崑崙にのみ自生する〝センジアン〟として渡すことにしよう。風味が似ていると言われても気のせいだと君も言い張るように」

「……はあ」

フリッツはいつにも増して渋い顔だ。馬鹿馬鹿しいとは思っているのだろう。

だが、ただでさえ八カ国軍と西京市民の間で事件が頻発しているのである。変なものを渡してこれ以上、西洋人を下手に刺激することはあるまい。

（……難しいものね）

本当に難しいことばかりだ。

西洋人に崑崙のものを食べてもらうのも、フリッツのわかりづらい冗談も。

「では、私はそろそろ休む。君にも夜遅くまで仕事をさせて申し訳なかった」

フリッツが腰を上げて厨房から出て行こうとする。

間一髪、麗月はその裾をがしっとつかんだ。

「何か？」

「生姜の湯ですが、あれで完成というわけではありません。崑崙と西洋ではこうも食べ物への考え方が違うのですから、味をもっと調整しなければ、西洋の軍に食譜（レシピ）を提供しても食べてはいただけないでしょう」

「そうかもしれないが……」

珍しく、フリッツがどこか気圧されたようにのけぞっている。

まったく失礼な、と思う。自分はフリッツのように怖い笑顔など浮かべられないし、ただ西洋人の彼に頼みごとをしているだけだというのに。

「崑崙人の妾（わたし）には、西洋の方々の舌に合う味付けなどわかりませんもの。兵を気遣うお優しい大公ですもの、不味いままの湯を飲ませることなどありませんよね？」

「だが……」

ともかく、麗月が最後まで軍服の裾を離すことはなかった。


結局、二人の意見が一致するのに朝までかかった。

フリッツは「もうこれでいいのではないか」と何度も言ったがそうは問屋が卸さない。麗月がしつこく味付けを変えて味見させているうちにフリッツもだんだん意見を言うようになってきて、明け方頃には二人とも眠いのもあって大声での言い合いになっていた。

「大小姐(おじょうさま)、早いです……ひえっ⁉」

朝一番で厨房の掃除に来た桂が怯えて逃げ出したくらいである。

ともあれ、話はまとまった。後は兵たちにどれだけ〝センジアン〟入りの湯(スープ)が飲まれるかであるが、そこはフリッツら将校の手腕に期待するしかあるまい。

「君は元気そうだな……」

手際よく包丁や鍋を洗っている麗月をフリッツが頬杖で眺めている。

いつもは姿勢良くしているのだが、徹夜でさすがに気力が尽きかけているらしい。

麗月とて疲れていないわけではないが、厨房の雑事には慣れているので考えずとも手を動かせるというだけだ。それに、

「ええ。久々に料理をしたという気分になりました」

鍋を片付ける麗月の顔は晴れ晴れとしていた。

この公使館において、料理はあくまで交渉の道具だ。時に相手に深読みさせ、時に相手の好物を出してフリッツへの好印象を抱かせ、あるいは敢えて苦手な食材を食べさせることで暗に拒絶する。

料理で翻弄するのが崑崙に残された最後の手段ということはわかっている。ただ、それでも、

（妾が頑張って美味しいものを作る意味は、あったのかしら）

どうしてもそう思えてしまったのだ。

「……女帝が羨ましいことだ。私は、こんな食事をしたのも初めてだというのに」

寂しげな呟きに麗月は思わず手を止めて振り返った。

「初めてというのは……だって、プロージャの大公なのでしょう？」

西洋の事情は知らないが、皇族ならば美味しいものを食べ放題ではないのか。『宮廷の給仕長』に載っていた料理だって、彼ならばいくつも食べたことがあるだろう。

「確かに私は大公だが、帝宮では好きに食事などできなかったからな」

思わず絶句するが、そういえば以前にも彼はそのようなことを言っていた。

（何でも食べられるように教育された……か）

　フリッツほど極端ではないにせよ似た空気は麗月も知っている。公主はいかなるときも見苦しくないよう振る舞うべきである、好き嫌いなどもってのほか、皇城に呼び戻されてから教育係に何度も叱られた。

　フリッツも本国での地位は高くないそうだから、麗月と似たような環境だったのかもしれない。

　ましてやそれ以外の食体験と言えば真夏の食うや食わずやの籠城戦である。

「ならば、今日の晩餐はいかがでしたか?」

「スープしか出てこなかったのが難だが、それを除けば悪くはなかった」

（やっぱり、言い方はこうなるのよね……）

　相変わらずだし表情もいつも通りの無愛想だが、今日ばかりは腹も立たなかった。

「妾(わたし)も、フリッツの顔を見ながら湯(スープ)の味を整えるのは楽しかったですよ」

　素直に感想を述べる。

（そう、爸爸(おとうさん)の料理はこうだったのだもの）

　厨師(チュウシィ)だった養父は麗月に惜しみなく技を教えてくれたし、麗月の好きな料理をたくさん作ってくれた。あれが食べたい、これが食べたいとせがむたびに「我儘ばかり言うな、ひとつだけだぞ」と笑っていたものだ。

　麗月の言葉に驚いたのか、フリッツは何度か目を瞬かせている。

いつも眉間に寄せている皺がないせいか、生姜でぽかぽか身体を温めたせいか、

（え？　今……）

ふわりと、フリッツの唇がかすかに笑ったような気がした。

いつものあの冷え冷えとした笑みではなく、むしろ幼さすら感じさせる普通の笑顔。

だが麗月が目をこすっているうちにいつもの無愛想に戻ってしまい、

「……そうだな」

何かを噛みしめるような、小さな呟きだけが夜明けの厨房に残った。

やがて麗月が厨房の片付けを終えたところでフリッツも立ち上がる。

設宴の準備のない麗月はともかく、フリッツは今日も公務が詰まっている。それまでに少しでも身体を休めておかなくてはならない。

「——と、そうだ、アメリゴ公使との設宴が近々入る。急ぎで悪いが頼めるか」

頼めるかと尋ねられても、麗月に断る選択肢など存在しないのだが。

（もう⁉）

以前にフリッツから提示された〝崑崙の価値を示す料理〟だ。

生姜と唐辛子の試作で息抜きしながら考えたもののいまだ答えは見つからない。皿に何を描けば、崑崙に期待してもらえるのだろうか。

「……我が公使館に、こんな禍々しいものを置いておくわけにはいくまい」

「ちょっと、食べ物を捨てるなんて許しません！　妾たちの賄いにするのですから！」

業務連絡も終えて自室へと戻るついでとばかりに、隅に除けておいた鍋ごと抹消しようとしているフリッツに、麗月は慌てて叫ぶ。よほど不意打ちで食べさせられた唐辛子が心的外傷になっているらしい。

（それにしても、同じものを食べてもこれだけ感想が違うだなんて……）

——ああ、そうか、と不意に思った。

膳房にある百皿の食譜を読んだところで意味がない。食べてもらう相手は皇帝ではなく、ましてや崑崙人ですらないのだから。厨師の仕事は美味いものを作ることだが、「この人は何を美味しいと思ってくれるだろうか」と考えることだ。

それこそフリッツのために作った湯のように。

（アメリゴ公使は、どのような方だったかしら）

二度ほど皇城の会議で見かけた姿を何とか思い出してみる。領土分割を叫ぶアンドロポフ伯に対して、賠償金の金額のことばかり言っていた公使がいたはずだ。崑崙の支払い能力を超えた債務を押し付けても不良債権をばら撒くだけだとか言っていた。

（ちょっと変わった方だったわ。確か……）

「フリッツ、設宴のことでひとつ提案があるのですけど……」

「提案？　次のメニューは君に一任すると言ったはずだが」

「いえ、菜譜(メニュー)ではなく妾のことで」

＊

アメリゴ公使ジェームズ・ジョン・モンローは、他の公使たちとは少し雰囲気が違っていた。

公使の大半は貴族で、その典型例がプロージャ皇族のフリッツだ。だがモンローは大学で教鞭を執っていたのが市民にも人気が出て、政治家に転身した変り種である。

フリッツはそのモンロー教授と、公使館の玄関で親しげに挨拶を交わした。

「やあやあ、今宵はお招きどうも」

まず高帽子を手にとって挨拶する所作からして欧州の貴族とは違う。

今回は同じ地位(カウンターパート)だからフリッツも表立って批難することはしないが、さりとて帝宮(ホーフブルク)で古めかしい礼儀作法を叩き込まれてきた身には、あまり相性の良い相手とは言えない気がする。

（……いや、今は他人のことは言えないか）

内心で自嘲する。崑崙の重臣とひそかに通じ、あまつさえ姫を借り受けて使っている身で伝統がどうのと言えたものではない。

いつも通りにフリッツが自ら晩餐室に案内する。

若い従僕が扉を開いたところで、モンロー教授は感嘆の声を上げた。

「――ほお、これは見事な！」

長いテーブルに白い布を掛け、秋の花を生けるところまではいつも通りだ。

だが今日はそれに加えて、テーブルのちょうど中央に飾られているものがある。

「これは……瓜の一種なのかな？」

瓜の緑の表皮に複雑な切れ込みを入れて、果肉の朱との二色で鮮やかな花を描き出したものだ。遠目にはサルディーニャのガラス細工のようだが、顔を近づけてみると確かにみずみずしい香りがする。本物なのだ。

果物や野菜は何種類もあり、それぞれの色に合わせた細工が施されている。

オレンジ色の人参は羽ばたく不死鳥、薄く削り出した蕪は大輪の白薔薇、色づいた林檎は秋の落ち葉。

「崑崙にはこうして食材に細工を施す技があるそうです。教授にぜひお目にかけたく」

晩餐室のテーブルを飾らせろと言い出したのは麗月だった。

皇城の宴にはこうした飾り切りが付き物だそうだ。ただ細かい作業なので、自分の腕では数個作るのが精一杯だった……とは麗月談である。

「ほお、これは崑崙の細工なのですか。言われてみればあの城の装飾と似ているな」

モンロー教授は興味深そうに人参の翼をつついていたが、

「あれ、ってことは、今日は崑崙料理ですか？　大公殿下のところで美味い料理が食べられるというんで楽しみにしてたんですがね」

「もちろん最高の料理でおもてなしいたしますとも。ただ、他にも趣向を用意しておりまして」

にこやかに微笑みながらモンロー教授とその連れに着席するよう促す。

呼び鈴を鳴らすと従僕が前菜を載せたワゴンを押して入ってきた。

「これはまさしく、食べる芸術品といった趣ですな」

ルテニア流の晩餐では、前菜は酸味の強いものを出して食欲を増進させるというのが定石である。

その例に漏れず今日のメニューも酸味を効かせたサラダだ。薄く削いだ瓜を何枚も重ねて鳳凰の翼を描き出し、ドレッシングで陽光のきらめきを添える。これも原型は皇帝に献上される料理なのだろう。

(崑崙の料理を、欧州のやり方で出す……か)

乾杯するや否や、モンロー教授たちは猛然とサラダを食べ始めた。

さきほどの話からして彼らも崑崙料理があまり好きではないようだが、今のところ特に文句を言う様子はない。

（……感触は悪くはないが）

主催者としては及第点だ。だが今回の目的――フリッツはもとより麗月の――から
すると、これでもまだ足らない。

相手を陥れるよりも相手の信頼を得る方がよほど難しいのだ。

ある意味、本国から崑崙まで左遷されてきたフリッツには身に染みている。

「ところで、教授は崑崙の厨娘というものをご存知ですか？」

にこやかにフリッツは切り出した。

「〝厨娘〟？　いや……」

「崑崙では女の料理人の中でも、特に若く美しい娘を厨娘と呼んで持て囃す文化があ
るそうです。皇帝の料理人にまで出世した娘、八十人の料理人を指揮して千人の宴会
を完璧にやってのけた娘など、様々な伝承が残っているそうです」

李国慶からの受け売りをさも自然に語る。ついでに少しばかり話を盛ったが、この
くらいは交渉に必要な話術だと思いたい。

「ほおー、大公殿下が、今そのようなお話をするということは……」

「ええ、我が公使館にはその〝厨娘〟がいます。このサラダも彼女の作品です」

「へえ！」

とたんアメリゴ人たちの目が輝いた。

アメリゴはまだ建国して百年余りの国だからか、欧州諸国と違って新しいもの、珍しいものを持て囃す気風がある。それを伝統ある欧州の貴族は成り上がりの悪趣味と蔑むのだが、今回は役に立ちそうだ。

「〝厨娘〟……ああ、ミス・キッチンって意味か！」

モンロー教授はぽんと手を叩いて、

「綺麗な女の子が繊細な料理を作るとは素晴らしい、ぜひお会いしたいですね！」

「もちろん、教授がご所望とあらば」

愛想よく言う。麗月には不評な笑顔だが、眼前のモンロー教授は目を輝かせている。

「では――」

「大公殿下と公使閣下が、晩餐室でお嬢様(フロイライン)をお呼びです」

若い従僕が厨房に駆け込んで報告してくれた。

「わかりました。いますぐに参ります」

（……本当に、興味を持ってくれた）

肉料理はさきほど晩餐室に運ばせたので残るは甘味(デザート)だけだ。これはあらかじめ作ってあるので、もう麗月が厨房を離れても問題はない。というより、フリッツがそれまで麗月を呼ぶのを待っていたのだろう。

「失礼いたします」

西洋の作法に慣れていないので不安だったが、どうやら問題なかったようだ。

晩餐室に足を踏み入れると、主催者（ホスト）の席にはフリッツ、その向かいに見覚えのある顔がいた。黒ずくめの西装（スーツ）なのに妙に派手な……あるいは軟派な印象を残すアメリゴ公使だ。

（……料理はすべて召し上がられたみたいね）

ちらりと長卓（テーブル）に目をやると、皿は綺麗に空になっていた。それだけでほっとする。

「彼女が？」

「ええ。我が公使館の自慢の〝厨娘（チュウニャン）〟です」

「……あ、もしかして大公殿下が以前にお連れになっていたのもこの娘（こ）だったり？」

「ご明察です、教授」

どうやらガリア公使館の夜会の話は各所に出回っているらしい。

崑崙の作法で麗月は深々と一礼した。

「麗月と申します」

「へえ、プロージャ語も話せるのか」

特に偽名は使わない。崑崙では本名ではなく字（あざな）で呼ぶのが普通だし、まして女の名前が外に知られる機会はまずないからだ。それに皇城の会議ではずっと衝立の奥にいたので、モンロー教授が麗月の素性に気づくことはないだろう。

「それにしても、料理人がこんなに若く美しいお嬢さんだったとは！」

今の麗月は調理用の地味な旗袍（チーパオ）に、装飾品も小さな耳飾りを付けているだけだ。

下手に着飾らないほうが厨師らしく見えるだろうと思ったからだが、こうもじろじろ見られると、簪の一本もあったほうがよかったのではという気がしてくる。

「……というより、まだ子供じゃないですか？」

なお、こちらはモンロー教授の部下の呟きである。ギードによるとどうも西洋人には東洋系は年齢より幼く見えるらしいのだが、

「お褒めに預かり光栄です、教授（プロフェッソア）」

顔が引きつるのをどうにか堪えて、麗月はアメリゴ公使に礼を述べたのだった。

「いや、今日の料理は美味しかったよ。それに絵を食べたのは初めてだったし」

モンロー教授はにこにこ笑いながら麗月を褒めてくれた。

（……良かった）

西洋人が崑崙料理に慣れないのは、もはや仕方がない。

たとえば崑崙にもあの水煮肉片（肉の唐辛子汁煮込み）が苦手な者はいるのだ。崑崙料理の真髄を追求するのが厨師の使命かもしれないけれども、さりとて慣れない人間に無理やり料理を食べさせようとするのは、厨師の我儘でしかない。

だから、できる限りわかりやすく料理した。

西洋料理の技法を使わない代わりに、前菜の沙拉（サラダ）も味付けはごく控えめ、その後の湯（スープ）や肉、魚料理も同様だ。内容はこれまでの設宴でいちばん質素だったかもしれない。代わりに見た目だけはとにかく派手にした。

飾り切りは皇帝に献じられる料理には必須だから、麗月も基本的な手法は教わっている。味はわからずとも細工の美しさならきっと伝わるだろうと、包丁で必死で彫り物をした。

そして駄目押しとしての自分自身だ。

崑崙で〝厨娘（チュウニャン）〟がある種の伝説となっているように、西洋でも女の厨師は珍しいようだ。ならば若い娘が料理したとなればそれだけで目新しさはあるだろう。

（これが、崑崙の〝価値〟……）

本音では、妾（わたし）たちの国はそんな安っぽいものではないと叫びたい。崑崙は豊かな大地があり、天の恵みがあり、民は徳治のもと穏やかな暮らしを送っている。西洋諸国は崑崙を「腑分けする直前の豚」と思っているようだが、ならば、どれだけ美味い豚なのか知るべきだ。

けれども今は他に手段がない。

付け焼き刃だろうとチャチであろうと、

（次に繋げなければ）

もっと凄いものが出てくるかもしれないと期待させなくてはならない。

そうして交流が続いていけば、いずれは本当の価値も理解してもらえるだろう。

（――これで合っていましたか？　フリッツ）

政に縁のなかった麗月にはわからない。

けれどもちらりとフリッツを見ると、彼の眉間の皺がいつもより少ない気がした。

「可愛いお嬢さん、あなたはどこで料理を学んだのだね？」

「妾の養父は、代々皇帝陛下に仕える厨師の家の生まれでした」

皇城の役人はほとんどが世襲だ。養父も父の跡を継いで膳房の厨師となったが、一度、誤って皿に髪の毛を落としてしまったことで聖太后の怒りを買い、棒で打たれて職を追われたと聞いている。

その後に生活のために食堂をやっていたところ、麗月を預かることになったのだ。

「ほほう！　四千年の歴史の国、料理の真髄を知る健気な娘……これは商売になりそうだ！」

モンロー教授の目がぎらりと光った。

「もし君がアメリゴに渡航するつもりがあるなら公使館に連絡してきたまえ。渡航証明書を取得できるように私からも口添えしよう。あ、レストランを開くなら私にも一口乗らせてもらいたい、配当は応相談で」

「……あ、ありがとうございます?」

よくわからないが、とりあえず料理を気に入ってもらえたと思って良いのだろう。

「渡航はともかく、これから崑崙にも白皙人種……ああ、君たちの言葉で〝洋鬼子(ヤンクイツ)〟が増えるだろう。君の料理なら我々にも食べやすいからね、ウケると思うよ」

本来『洋鬼子』はかなりの罵倒語なのだが、モンロー教授は「ちょっとした侮蔑表現」としか思っていないようだ。籠城戦で何度も罵られたフリッツはひそかに渋い顔をしていたが。

「西洋の方が増える、ですか」

「うん。ちょうど今しがた、こちらの大公殿下とも話してたんだけどね」

ちらりとフリッツを見るが、彼は今のところ黙って話を聞いている。まあモンロー教授が機密情報までべらべら喋り出したら、そのときには制止してくるだろう。

「我々は崑崙に、大幅な制度改革を要求するつもりなんだ」

(そういえば……)

フリッツも全体協議で「外交部の設置」「銀行の創設」などと発言していた。

「今の女帝(カイザリン)のやり方はひどく前時代的だからね。でも今後は外国との行き来も増えるだろうし、お嬢さんみたいな民間人でも外国に行きやすくなると思うよ」

一見、それは良い話にも聞こえる。

麗月とて李国慶に頼み込んで西洋料理の本を買ってもらい、烤炉（オーブン）に憧れ、夜会ではずらりと並んだ西洋料理に突撃した。だが、それは自分自身がやりたかったからであって、他の……ただ静かに暮らしている人々にまで強要しようとは思わない。

「お言葉ですが……崑崙にいきなり大勢で押しかけてきたくせに、一方的に変われと仰るのは、とても乱暴なお話と思えます」

麗月の発言にプロージャの官僚が硬直し、モンロー教授の部下も顔をしかめる。

だがフリッツはいまだ麗月を止める気配はなく、モンロー教授は面白そうに笑った。

「なるほど、君の言うことはもっともだ」

伝説の〝厨娘（チュウニャン）〟は理解が早いね、とモンロー教授は感心している。実際は会議で見聞きした内容を踏まえて何とか話についていっているだけだが。

「でもね、お嬢さん。残念ながら、時間を巻き戻すことは誰にもできないんだよ」

＊

「西洋には、恥という概念がないのですか？」

憤然と麗月は言った。

「私には、なぜ君がそこまで頑なに拒むのか理解できない」

フリッツも腕組みして彼女を見下ろすが、こちらは呆れと疑問が半々という顔だ。

「たかが円舞曲(ワルツ)を踊るだけだろう。別に気に病むようなことでもないだろうに」

「こんな破廉恥なものを舞踊とは呼びたくありません!!」

話は平行線をたどる一方だ。

深夜の厨房での不毛な言い争いは、フリッツからのとある頼みごとから始まった。


「また、妾(わたし)が夜会にご一緒すればよろしいのですね」

麗月はフリッツの言葉を繰り返してから首を傾げた。

「妾は否と言える立場ではありませんけれども……よろしいのですか?」

麗月は西洋のしきたりには詳しくないが、独身のフリッツが若い娘を連れ歩くのがあまりよろしくないことは想像がつく。ましてやフリッツは皇帝の甥、こちらは占領地の崑崙人だ。

「フリッツにおかしな噂が立ったりとか……」

「君にしては察しが良いが、もう手遅れだ。アンドロポフ伯に加えて、どうやらモンロー教授まで喋ってくれたようでな……」

フリッツが疲れた顔でため息をついた。

「プロージャ公使が賄賂を積まれた挙句に崑崙人の娘に鼻の下を伸ばしていた」と触れ回ったのが前者、「いや、あれ料理人の子ですよ。いや美味しかった！」とおそらく善意で修正してくれたのが後者である。なにせ八カ国の公使館はみな同じ地区にあるので、情報が広まるまでに数時間もかからない。

「それで、妾を連れてこいと？」

「下手な断り方をすると、余計な勘ぐりを生みかねなかった」

その辺の詳しい事情はわからないが、とにかくフリッツは断れなかったらしい。

「……妾の身分がバレることはありませんよね？」

「君どころか、そもそも公使は女帝の顔すら直に見たことはないのだぞ」

言われてみれば確かにその通りである。

（〝会議は踊る、されど進まず〟……確かアンドロポフ伯が言っていたのだっけ）

あのルテニア公使は油断ならないが、そう愚痴りたくなる気持ちだけは理解できる。貴族が豪華な宴を設けたがるのは東も西も変わらないようだが、うんざりするのもまた変わらない。

「では妾はまた、会場で西洋のお料理をいただいていれば良いのですね」

「いや、食べる以外のことをもして欲しいのだが」

フリッツは半眼で麗月を見つめた。

「それに今回は、ガリア公使館とは形式が違うのだ」

説明によれば、今回の主催者(ホスト)はアルビオン公使ウィルキンス卿。以前にガリア公使館で大掛かりな夜会が催されたので——失敗作のビーフシチューはさておき——、自分も対抗して勢力を誇示したいようだ。

フリッツが口にしたプロージャ語の、訳語を思い出すのに少し時間がかかった。

「——〝舞踏会〟？」


舞踏会に参加するならば、崑崙人とはいえ円舞曲(ワルツ)ができないのでは話にならない。

というわけで、フリッツに急遽教わることになったのである。大公として彼はむろんひと通りこなせるし、その他に弦楽器の演奏などもできるというから、西洋の皇族は大変だなとしみじみ麗月は同情した。

そして練習を始めたとたんに、前述の言い争いが始まったのだった。

「簡単な舞踊と仰るから、妾(わたし)はてっきり手を叩いたりくるくる回るだけだと……」

「旋回(ターン)を入れるのは確かだが」

「殿方の手を取って回るだなんて聞いていません！」

ばっとフリッツから距離を取るも、危うく保温機にぶつかりそうになった。

フリッツが実演してくれた、西洋の〝円舞曲〟とやらは衝撃的なものだった。衆人の面前で男と手を取り合い、身体を密着させ、旋回するときには男に体重を預けてふわりと抱き上げてもらう。

「それに、それに、裳（スカート）の中に男が足を入れてくるだなんて」

「円舞曲なのだから当然だろう」

旋回するときは男性の足を軸にするのである。

「西洋人は何を考えているのですか⁉　結婚前の男女が足を絡めるだなんてっ……」

「私がリードするから、君はただ三拍子さえ覚えてくれれば良かったのだが……」

これではそれ以前の問題だな、とフリッツがこめかみに手を当てて呻いている。

「厨房で働くのは平気なわりに、君が男に慣れていないのは知っているが」

「皇城には宦官しかおりませんし、厨房にはいざとなれば鍋や包丁もありますし！」

「……君のその、貞操を守らんとする覚悟には感服するが」

「そもそも妾は結婚する予定もないと、以前に申し上げたではありませんか！」

「……結婚か」

麗月の悲鳴にフリッツはなぜか複雑な顔で、言葉を選びながら口を開いた。

「双子を忌むのは崑崙の慣習だろう。欧州（こちら）ではそんな思想は聞いたことがない」

「ですが……」

「先日モンロー教授も言っていたはずだ。会議がどのように決着するにせよ、崑崙も今後は欧州人を大勢受け入れることになる。迷信をいちいち真に受けて君を忌避する者ばかりではなくなるだろう」

「……あ」

呆然とするとはこのことだと思った。

今まで崑崙の外を考えたこともなかった。西洋の料理に憧れ、プロージャ公使館にいておかしなものだが、そんな未来を想像だにしなかったのだ。

「……そんなことを、いきなり言われても」

「私は崑崙のしきたりとやらは知らないが、今の君にはそうした可能性もあるということだ」

またも混乱する麗月に、フリッツは肩をすくめて言ったのだった。

出自のことは割り切ったつもりだが、たびたび「自分は〝不吉〟である」と口にしているので、フリッツには落ち込んでいるように見えたのかもしれない。だから別の可能性を示して、必ずしも当てはまらないと言おうとした。

（ええと……妾は、励まされたのかしら？）

できれば冗談と同様、もう少しわかりやすく言ってもらいたいものだ。それに、

「い……いきなり、そんな方針転換されても！」

またもや顔を赤く染めて麗月は叫んだ。

人を気遣ったり励ましたりするなんて、いつもの「悪くはない」としか言えない、あるいは嫌味を三倍にして返事してくる大公はいったいどこに行ってしまったのだ。

「私はむしろ、そこに君の考えが及んでいなかったことが不思議でならない……」

フリッツは面食らったような、少し複雑そうな顔だった。どうやら麗月の渾身の叫びは、フリッツには勘違いされて受け取られてしまったようである。

ただそのほうが今の麗月にはありがたい。

「さて、無駄話はそろそろ終わりだ。〝厨娘（チュウニャン）〟の君が滑らかに踊れる必要はないが、最低限はこなしてもらわないと私と李将軍（ゲネラル・リー）が困る」

「……う」

李国慶の名前を出されてはもはや逃れようもない。

それでもふたたびフリッツの手を取ったときには、麗月は彫像のようにぎくしゃくしていた。

「そういえば崑崙女性は足をきつく縛ると聞いていたが、君は走っても平気そうだな」

ゆっくりと三拍子で動き出しながら、フリッツはふと麗月を見下ろして呟く。

「纏足（てんそく）のことですか」

麗月はわずかに不愉快そうに眉をひそめた。

「あれは南の人たちの習慣です。太祖さまの末裔である妾たちが、足を潰すだなんて、馬に乗れなくなる真似をするわけがありません」

　太祖、すなわち初代皇帝は北方に暮らす騎馬民族の首長だった。それが動乱期に中原に突入して他勢力を斬り伏せ、皇位に就いて現在の王朝の礎を築いたのである。

「なるほど。激しく動けるなら、多少しごいても問題はなさそうだ」

「ちょっと、妾(わたし)は厨師であって、軍人ではないのですよ!?」

　三拍子でリードされて、というより振り回されながらフリッツを見上げる。

　麗月はフリッツよりもだいぶ背が低いが、髪を結い上げているので、傍目にはそこまで差がないように見えるだろう。しかも西洋では踵の高い靴を履いて円舞曲(ワルツ)を踊るというから、夜会当日はほとんど同じになっているかもしれない。

　ただ、今はまだフリッツのほうが背が高い。

　手を取られて向き合うとちょうどフリッツの胸が目の前に来る。今は西装(スーツ)ではなく略式の軍服を着ているので、釦(ボタン)やプロージャ軍の大佐の徽章(バッジ)が目に入り、そして西洋の香料とわずかな男の匂いの鼻をくすぐる。

　そして自分よりずっと大きく熱い手のひら。

（……男性が、怖い、わけではないのだけれど）

　ただ自分とあまりに異質なものが目の前にあって、どうしたら良いのかわからない。

「きゃぁ!?」

集中が途切れたせいか、フリッツの足に爪先を引っ掛けて体勢を崩した。

とっさにフリッツが腕を掴んで引き戻してくれたお陰で、転んで調理台の角に頭をぶつけることは免れたが、まるでぶら下げられるような格好になる。

「す、すみませ……」

「疲れたならば、少し休憩を入れるが」

また馬鹿にされるかと思ったが、フリッツの碧眼は心配げに自分を見下ろしていた。

（今日はいったいどうしてしまったの、この方）

〝不吉な〟双子だと落ち込む（ように見えた）自分を励ましてくれたり、何だか優しくしてくれたり。いや、フリッツの依頼のせいで急ぎ練習する羽目になっているのだから、それくらい当然という気もするけれども。

（……いえ）

最初からずっと気遣ってくれていたのを、自分がようやく気付いただけだろうか？

「…………！」

「問題ないならば、さっきのところをもう一度だ。――おい、聞いているのか？」

ぐいっと持ち上げてくるフリッツの手は、さきほどより温くなった気がする。

いや、もしかしたら自分の手のひらも同じくらい熱いのかもしれない。

＊

皇城とプロージャ公使館を行き来するのにもすっかり慣れてしまった。

公主となってから八年も市外に出られなかったことを考えると隔世の感がある。なお他の妃嬪や公主たちはいまだ外出を禁じられているものの、占領直後よりは落ち着いたようで、廊下にはちらほら人影があった。

（それも、いつまで続くかわからないけど）

数日ぶりに宮殿の自室に戻って行李を開けたところで、女官が呼びに来た。

「ら、老仏爺（ラオフォイエ）が、公主さまをお呼びです」

（またなの⁉）

聖太后からの呼び出しはいつも唐突だ。

しかも前回と違って今日は思い当たる件が両手に余るほどある。

あまつさえ連絡役の宦官の顔を見たときは、思わずその場に立ち尽くしてしまった。

「奴才（わたくし）が、公主さまをお連れいたすように申しつかりました」

（太監が来るなんて……！）

安慈海だ。聖太后の側仕えにして宦官の総取締役、皇城の権力者のひとりである。

こと内廷において彼の耳目に入らないことはないと言われ、宦官はおろか上位の妃嬪ですら常に彼の顔色を窺っている。彼から聖太后に密告されたら最後、いかなる罰を受けるかわかったものではないからだ。

　これまで麗月が対面したのは数えるほどだが、およそ親しくしたい相手ではない。

（……この人が来るとは思わなかったわ）

　これまで麗月の行動がお目こぼしされていたのは、公使館という聖太后の権力の及ばぬ場所にいるからだ。公使館の中は治外法権、ましてやプロージャは征服者の一角である。だが、今いる内廷はそうではない。

　つまり、自分は聖太后に釘を刺されているのだろう。

　皇族の誇りを忘れて、ゆめ、国と我が身を西洋に売ることのないようにと。

（妾（わたし）は崑崙のために働いていると、信じているけれど……）

　養心殿にある聖太后の執務室に向かうのかと思ったが違うようだ。安慈海は外朝の方角ではなく、いくつもの回廊を抜けて内廷の別の宮殿へと進んでいく。

（暗いわね……）

　しばらくガス灯や大光量の油灯（オイルランプ）のある公使館にいたせいか、透かし彫りの角灯（ランプ）しかない皇城の廊下が薄暗くて仕方ない。これまで不満を抱いたことはなかったのだが、人間、贅沢に慣れるのはあっという間だ。

「……ここは、老祖宗（ラオヅツォン）さまの衣装部屋でしょうか？」

聖太后には毎年どっさり衣装や宝石が献上されるため、それらを収める衣装部屋もかなりの規模となっている。麗月が足を踏み入れたのは、ちょうど何人もの女官が行李から刺繍の施された衣装を取り出しているところで、極彩色に目がちかちかした。

「来たな」

麗月が叩頭して顔を上げると、聖太后も宝石のひとつを手にしていた。

聖太后の黄色の衣には龍の刺繍と宝石が縫いこまれており、それ自体がひとつの大きな宝飾品のようなものだ。それでも今、聖太后が手にしている肩掛け(ショール)は存在感を失うことなく、角灯(ランプ)の光を受けて輝いている。

(……綺麗)

朝露の輝きをそのまま織り込んだような、数千の真珠を編み込んだ肩掛けだ。

聖太后の秘蔵の逸品で、これを着けた姿を肖像画に描かせたことがあるくらいだ。いつもは大切に仕舞われており、実物を見られるのは太祖を祀る式典くらいだが、麗月もはっきり覚えている。

「麗月、こちらへ」

「はい」

女官たちの痛いほどの視線を感じながら、言われるままに聖太后の前に跪く。

「そなたは今朝から、自分の衣装箱を漁っていたようだが」

「は、はい」

フリッツから「舞踏会では着飾るものだ」と言われたので慌てて装飾品を取りに戻ってきたのだ。宝石などほとんど持っていない麗月だが、去年、李国慶から誕生日にいただいた腕輪があったはずである。

（その他にはいつもの耳飾りだけだけど……）

冴えない衣装で嗤われるかもしれないが、立場はあくまで〝公使館に雇われた厨娘（チュウニャン）〟である。別に夜会の華となりに行くわけでなし、それで問題ないはずだったが、

「そなたの持ち物では装うことも難しかろう。これを貸してやる」

絶句した麗月の代わりに、取り巻きの女官たちが二人分以上の悲鳴をあげてくれた。

「老仏爺（ラオフォイエ）さま‼　その真珠は……！」

「お貸しになられるなど、それも、ふき……」

今回は慌てて途中で口をつぐんだだけ彼女たちも成長したと言うべきだろうか。

「麗月。――良いか、これは崑崙の富を織ったものだ」

「……はい！」

「ゆえに、そなたに貸す。くれぐれも太祖さまの御名を貶めることのないように」

（……やっぱりご存知なのね）

聖太后の言葉は、『西洋人の夜会』に参加することを前提としている。

崑崙人としてみすぼらしい格好をするなということだ。別に麗月が目立つ必要はないのだが、聖太后には、崑崙人が馬鹿にされるだけでも許しがたいのかもしれない。

「はい、老祖宗さま。お心遣い、心より感謝いたします」

受け取る瞬間はさすがに手が震えた。

真珠は取り扱いに注意が必要な宝石だ。麗月では知るべくもないので、後で女官に注意事項を教えてもらわなくてはならない。

（いえ、そもそもどうやって運べばいいのかしら……？）

いきなり渡された超貴重品に混乱していると、不意にふたたび声がした。

「――のう、麗月」

ひどく疲れた声だった。

聖太后は豪奢な黄色の衣に埋もれて目を閉じながら、孫娘に語りかけてくる。

「そなたは賢いゆえに色々と思うところもあるだろう。……予を、今日の凋落を招いた奸婦と思うておるか」

「そのようなことはありません！」

女官たちの顔がますます白くなる。麗月は全力で首を横に振った。

今日の無条件降伏を招いたのは実質的に政を執り行ってきた聖太后だ。しかし、

「ならば、なぜ予は異人どもに宣戦布告をしたと思う」

「……それが、民心だったからです」

「そうだ。民がそう望んだからだ……」

宣戦布告前から西洋排斥運動が国内で広がっていた。きっかけは公使館焼き討ちとその報復だったとはいえ、聖太后は彼らの意を汲んだだけとも言える。独断ではあっても聖太后は必ずしも民や国を無視したわけではない。

「──それが、帝というものだからだ」

天命という考え方がある。

天帝は人の子に天命を降ろして天子すなわち皇帝となし、地上の統治を委ねたという思想だ。皇帝の権力は天によって保証されているものであり、言い換えれば、徳を失った皇帝は民と天帝からも見放されて地位を失う。

「………………」

やがて聖太后はふたたび黙り込んでしまった。

いきなり話をされて面食らったが、聖太后としては身内に愚痴のひとつもこぼしたかったのかもしれない。皇帝のさらに上に君臨する身とあっては、弱音などそうそう口に出せるものではないだろう。

やがて麗月は聖太后のもとを退出し、安慈海の先導でふたたび自室へと戻った。

回廊を歩きながら、ふと幼い頃に養母に教わった経書（儒学）の一節を思い出す。

（〝天下を失うや、その民を失えばなり。その民を失う者は、その心を失えばなり〟……）

＊

別の国に来たかのようだった。

西洋諸国の公使館は本国と同様に建てられたと聞いているが、何度見てもそう思う。

アルビオン公使館は煉瓦造りの建物だ。無数の蔦の這った壁には年経たような風格があり、そこにガス灯の明るさと玄関（ポーチ）や手すりの植物の彫刻が加わって、よく手入れされた庭のような印象を受ける。

小径には白い石畳が敷き詰められ、どこからともなく甘やかな花の匂いがした。

「すてき……」

月とガス灯の光に煌々と照らし出される幻想的な光景を、麗月はうっとりと眺める。

「そろそろ行くぞ」

「申し訳ありません。あまりに綺麗なので、ちょっと見とれておりました」

「あの皇城住まいの君が何を言うか」

「それはそうなのですけど！」

残念ながらフリッツにはこの感動が伝わらなかったようだ。

前回はフリッツに腕を取られるだけで動揺したものだが、さんざん円舞曲の練習をしたせいで、良いのか悪いのかすっかり慣れてしまった。

フリッツに寄り添うようにして、麗月はおそるおそる一歩を踏み出す。

「――きゃぁっ⁉」

……踏み出したのだが、一歩めから転びそうになった。

石畳に顔面からぶつかりかけた麗月を、またフリッツが腕を引っ張ってくれる。

「……平気か？」

「今すぐに帰りたいです」

いつも厨房で動き回っている麗月は、他の貴婦人に比べれば体力もあるほうだ。

それなのに今日は歩くだけで精一杯なのは、西洋の靴のせいである。

（西洋人は、これでどうやって歩いているの！）

洋装、特に舞踏会用の靴はとにかく踵が高いのだ。

崑崙の貴人用の靴も踵が高く作られているが、こちらは靴底そのものが厚いので歩くのにそこまで支障はない。いったい西洋の貴婦人はどういう生活をしているのか不思議でならない麗月である。

「何を遠慮しているのか知らないが、私に体重を預けろ。さもなくば引きずることになるぞ」

必要とあらば本気で引きずる男なのは、円舞曲（ワルツ）の練習で麗月も思い知っている。

「う……」

がっちりと取られた腕に体重を預けると安心感がぐっと増すのが悔しかった。

（これが〝舞踏会〟……）

西洋の夜会に参加するのは二度目なのでおおよその流れはわかっている。

まず入口で従僕が来賓の名前を大声で呼び上げ、その後に紳士は淑女の手を取って入場する。男女一緒に行動するという点を除けば皇城の宴とさほど変わらない。

大広間に足を踏み入れたとたん、人々にざわめきの波が広がるのがわかった。

「あれは、フリートヘルム大公殿下か」

「陛下にゴリ押しして全権公使の役をもぎ取ったとか。まったく、よくやる……」

まさしく突き刺さるという形容がふさわしい視線に、麗月はびくっと足を止める。

「……あ、あの⁉」

「別に問題が起きたわけではない。君の真珠に驚いているだけだろう」

靴と同様、麗月は今回は旗袍（チーパオ）ではなく礼装（ドレス）を着ている。

宝石はともかく礼装の手持ちなどなかったので、李国慶に連絡して急遽、李一族の娘の礼装と靴を借りたのだ。李国慶は何度も洋行しているので、その際に女性用の礼装も誂えておいたらしい。

西洋の礼装と言えば、胴着（コルセット）をぎちぎち締め上げている挿絵を見たことがあるが、最近はゆったりした型が流行らしい。前者であれば公使館にたどり着くまでに貧血で倒れること必至だったので、それだけでも助かった。

黒髪も西洋風に結い上げて、簪の代わりに生花を何本かあしらってある。

「あれは真珠か？」

「なんて見事な……あなたご覧なさいよ、あんなに光る肩掛け（ショール）は見たことがないわ」

「あれほどの数の真珠は、我らが女王陛下も……いやいや」

そして吊灯（シャンデリア）に照らされて真珠の肩掛けが艶やかに輝く。

真珠が首から肩を覆っているので肌の露出は少なく、礼装も紅一色の単純な意匠だ。それでも西洋人たちはいきなり現れた崑崙人の娘から目が離せないようだった。

（それはもう驚くでしょうね、だって老祖宗（ラオヅッォン）さまの宝石ですもの！）

とはいえ本来の持ち主ではない麗月としては居心地が悪くて仕方がない。

「おや、大公殿下とミス・キッチンじゃないか！　あ、知ってますかそこのミスター、崑崙には若い娘の料理人がいて、〝厨娘（チュウニャン）〟と言ってですね……」

モンロー教授が目ざとくこちらに気づいたようで手を振っている。たまたま隣にいたせいで捕まったどこぞの国の紳士が迷惑そうな顔をしていた。

「料理人？　あの真珠の娘が？」

「たかが料理人があのような見事な肩掛け(ショール)を持っているだと……?」

ざわりと困惑した雰囲気が広がる。

実際は持っているわけがないのだが、自分の素性を説明するわけにもいかない。

「いたたまれません……」

「そこで縮こまっても余計に妙な目で見られるだけだ。心配せずとも似合っているから、もう少し堂々としていろ」

麗月は目を瞬かせてフリッツを見上げた。

「何か?」

「いえ、以前に『東洋人が礼装(ドレス)を着たところで醜態を晒すだけだ』と仰っていたのは、どこのどなただったろうかと思いまして」

「……いや」

フリッツは珍しくばつが悪そうにそっと目を逸らした。

「実際に着てみたらそこまで悪くはない、と思う」

「結局そういう言い方になるのですね!」

憤慨したところでまたも体勢を崩してしまい、腕力で引き戻してもらう。

ただし麗月の頬は頬紅よりも赤く、フリッツの視線もどこか宙を泳いでいた。

「と、ところでフリッツ、あちらにお菓子が並べられているのですけど!」

「菓子など要ら……いや、そうだな、君にその格好で転ばれるほうが困る」

万が一、肩掛けを引っ掛けて真珠の粒を落としでもしたら大変なことになる。

フリッツに身体を支えられているのか引きずっているのかよくわからない状態で、麗月は壁際に並べられた焼き菓子へと突撃する。

「……少ないですね、お菓子」

「舞踏会だからな。用意されているのは軽食くらいか」

がくりと肩を落とす麗月にフリッツが苦笑した。

もしかしたらアルビオン公使館も料理人を確保できず、さりとてガリア公使館の夜会の失敗を繰り返すわけにはいかないので、〝舞踏会〟としたのかもしれない。

それでもどの菓子から食べようか悩んでいると、不意にフリッツに腕を引かれた。

どうやらフリッツが大広間の一角に目をやったらしい。彼の視線の先を追ってみると、ほどなく人混みから壮年の男性がひとり大股で歩み寄ってきた。

（この方は……）

慌てて菓子選びを中止してフリッツの少し後ろに下がる。

現れた男性は黒髪、西洋人の言う〝黄色い肌〟、背もフリッツよりいくらか低い。

「――ご無沙汰しております、大公殿下」

「貴官とは入城直後に話したきりだったからな」

大広間の男たちはフリッツを含めてほとんど黒の燕尾服を着ている。だが目の前の東洋人は金の釦（ボタン）のついた黒の詰襟に緋の飾帯、肩には飾緒、胸元にも小さな金属の徽章（バッジ）をいくつか飾っている。

「大事なさそうで何よりだ、柴田中佐（リュウトナン・コロネル・シバタ）」

（そうか、秋津洲の軍人！）

これまでフリッツが交渉していたのは貴族や政治家だったが、軍にも知人がいたらしい。年齢はフリッツよりもだいぶ上……三十代後半と見えるが、中佐ということは階級はフリッツのひとつ下か。

ただし皇族には軍でも高い地位が与えられるのが通例である。階級の差は必ずしも能力を示すものではなく、むしろ一士官から出世した柴田中佐が立派なのだ。

フリッツと少し言葉を交わした後、柴田中佐は麗月に目を落としてくる。

「初めまして、小姐（シャオジエ）（お嬢さん）」

流暢な崑崙語での挨拶に麗月は目を丸くした。

礼儀正しい人物なのだと一瞬思ったが、そうではない。崑崙語を使われるとこれまでのように「難しい会話は聞き取れません」という態度でやり過ごせなくなる。フリッツも気づいたようで唇の端がぴくりと動いていた。

「小官は以前、フリートヘルム大公殿下と任務でご一緒した者です」

「夏のことだ」

公使館焼き討ち時、各国の公使館には公使と駐在員、それに警護のためにわずかに兵を置くことが認められていた。プロージャ公使館に滞在していたのがフリッツ、秋津洲公使館の駐在武官が柴田中佐だった。

最先任をフリッツ、次席を柴田中佐として、二人は協力して籠城戦の指揮をとったという。

「——ほお、公使館の英雄ふたりが揃い踏みだ」

「大公殿下はともかく秋津洲の方は軍人だし、夜会にはまず出てこないからな。……ところで誰だ、あの派手な東洋人の娘は？」

どうやら有名な話のようで、ちらほらフリッツたちに視線が投げかけられている。

実際、麗月の目にも二人はずいぶん親しく見えた。同じ釜の飯を食った仲……いや、同じく飯を食べられなかった仲とでも形容すべきか。

「経験豊富な柴田中佐がいなければ、私たちはとうてい生き延びることはできなかっただろう」

（……ああ、そうか、この方が〝聡明な東洋人〟だったのね）

フリッツの声には感慨と、そして確かな敬意が感じられた。

「柴田中佐、彼女は……」

「板前の娘さんだと私のところにまで聞こえてきました。――小官は、大公殿下は戦利品をこれ見よがしに見せびらかすようなことはなさらないと思っておりました」

その台詞には明らかな含みがある。

眉をひそめるフリッツに対し、柴田中佐は穏やかな顔のまま声だけひそめて、

「皇城のお姫さまのおひとりでしょう？　連れ出した理由までは存じ上げませんが」

（バレてる⁉）

顔を合わせた公使は誰も気づかなかったのに、なぜ初対面の彼が知っているのか。

「小官は公使館着任時に皇帝陛下にも拝謁いたしました。太后陛下（聖太后）の肖像画の真珠をお持ちであることと……そうですね、西洋の方々にはなかなか東洋人の顔の見分けはつかないようですが、小官には見慣れた顔なのです」

一瞬だけ声に苦笑が混じった。

秋津洲は崑崙の東に位置する島国で、人種的にはほぼ同じである。それにしても、これだけの情報でたちまち言い当てられるとは。

（……〝経験豊富〟とはこういうことなのね）

「柴田中佐、福島公使には……」

「まだ伝えてはおりません。――ですが、大公殿下とは二ヶ月ご一緒した仲ではありますが、小官はあくまで秋津洲の人間であることをご理解いただきたい」

大公と中佐との間にぴりぴりとした空気が流れる。

「あら……？」

そこで耳慣れない音楽が流れてきた。

楽団が会話を邪魔しない程度の音楽を奏でていたのが、いきなり音量が大きくなった。大広間の他の人々も会話を中断してぞろぞろと移動を始める。

「この三拍子は、……円舞曲（ワルツ）ですか」

だが円舞曲は男女一組で踊るのが基本だが、この西京市にいる西洋人の女性は少ない。大広間の中央に出られるのはもともと婦人同伴だった者、うまいこと相手を確保した者だけで、壁際にいる客の方が多くなってしまっている。

「婦人が少ないことはわかっているのに、いちいち舞踏会なぞやらずとも……」

「ガリアとは違う趣向にしたかったのでしょう、ウィルキンス卿も」

呆れ顔のフリッツに柴田中佐も苦笑で相槌を打っていた。

「ですが、大公殿下には麗しい花がいらっしゃるではありませんか」

「残念ながら、そこの花は蕪（かぶ）の薄切りでできていてな」

「？」

いかに目敏い中佐でも、晩餐室の飾り切りとまでは想像できなかったようだ。

（大広間の中央で、男女一組で二人きり……）

実は麗月にはひとつ知りたいことがあった。

だが、それはフリッツに聞かれないところで尋ねなければならない。

(円舞曲(ワルツ)は教わったのだし、妾(わたし)が出ても問題はない……はず)

「中佐、妾と一緒に踊ってはいただけませんか?」

女からの誘いに柴田中佐は目を丸くし、フリッツは衝撃を受けた顔をしていた。


柴田中佐に手を引いてもらって大広間の中央に出る。

「も、申し訳ありません。この靴だと歩くので精一杯で……」

「無理もございません」

この大広間では珍しい東洋人ふたり、しかも籠城戦の指揮官に真珠の肩掛け(ショール)の娘とあって、壁際で様子を見守る西洋人たちの目がいっせいに向くのがわかる。

「ダンスのご経験は?」

「先日、フリ……トヘルム大公に少しだけ教わりました」

「小官も似たようなものです。士官学校で習いましたが今日まで踊る気になれませんでした」

「ですわよね⁉」

それでも中佐がこちらの手を取る仕草には風格があるし、麗月自身もどうにか公衆の面前で転ばずにすんでいる。何であれ習っておいて無駄にはならないものだ。

音楽が流れ出す。

ぎくしゃくした動きではあったが、脳裏で三拍子を数えながら麗月も足を踏み出す。

「――では、お姫さま。小官へのご用件とは？」

続く言葉は崑崙語だった。

この舞踏会にいるのはほとんどが西洋人で、崑崙語ができる人間は少ない。隣で踊っている男女にぶつかったところで会話の内容までは知られないだろう。

気遣いをありがたく受けて麗月も崑崙語で切り出す。

「秋津洲は、……西洋の文化を受け容れることに成功したと聞きます」

崑崙人の、秋津洲という国への感情は複雑だ。

東に位置するこの島国は、古くは他の夷狄（辺境の属国）と同じように皇帝に貢物を捧げにやって来ていたという。だが彼らはいつしか自ら帝と名乗り、崑崙の傘下から外れて独自の文化を築き始めた。

そして数十年前から急速に西洋化を推し進め、今日に至っては八カ国に名を連ねてかつての宗主国を征服しようとしている。

「そのときに、秋津洲では……その、反対する方はいなかったのでしょうか」

崑崙は国内から西洋人を追い出そうとして、かえって今日の無条件降伏を招いた。

では秋津洲はどこが違ったのだろうか――そう思ったのだが、

「反対する者ですか。大勢おりました」

あっさりと柴田中佐に言い切られてしまい、続く言葉を失ってしまう。

「我が国にはかって主上とご公儀（将軍）が居られ……いえ、難しい説明はよしましょう。とにかく、ある種の二重権力構造になっていたとご理解ください」

「は、はい」

麗月は歴史にはあまり詳しくないが、よたよた踊りながら頷く。

「西洋への対応を巡る問題は、最終的に主上とご公儀の戦いとなってしまいました」

刹那、柴田中佐の動きが止まった。

だがすぐに元通りの穏やかな表情を取り戻して、麗月をリードしながら、

「小官のお殿さまは武士として最後までご公儀に忠義を尽くしましたが、主上の旗を掲げる軍は城下まで攻めてまいりました。家の女たちはことごとく……祖母に母、兄嫁、姉妹はみな生きて辱めを受けまいと自害し、城で戦った兄は亡くなりました」

いつの間にか、足を動かすのを忘れていたようだ。

「――お姫さま」

柴田中佐につつかれてようやく大広間に音楽が戻ってきたように感じた。

「申し訳ありません！　妾はその、辛いことをお尋ねするつもりはなくて……！」

「ええ、存じております。お姫さまは母国を憂えておられるのでしょう」

あの気難しい大公殿下が連れてくるくらいですから、と柴田中佐は小さく笑った。

（……秋津洲でも、戦いがあったんだわ）

しかも同胞どうしで殺し合う泥沼の内戦だ。

西洋の事物を取り入れているとしか知らなかったが、それが戦いを経たものであったなら、かの国の数十年の変化はどれだけ激しいものだったのだろうか。

「では、その……敗けた後、中佐はどうなさったのですか」

「賊軍の子としてひもじい思いもいたしましたが、幸い士官学校に入学することができましたので。今はこうして異国のお姫さまと踊る機会もいただいております」

「……昔のほうが良かったと、思うことはありませんか？」

麗月の問いに柴田中佐は困ったように笑った。

油断ならない軍人だが、同じ東洋人なこともあってか、微笑むとどこにでもいそうな人の良い叔叔に見える。

「ないと言えば嘘になりましょう。――ですが、つくづく思い知ってもおります。お姫さま、時間は戻しようがないのですよ」

――そこで、曲は終わった。

生まれたての子鹿のごときダンスを披露した東洋人ふたりに西洋人たちがいっせい

に呆れた目を向けてくる。それは別に気にしないが、向こうのフリッツの顔が唐辛子を食べた風になりつつあるので、あちらには説明したほうが良いかもしれない。

「ありがとうございました、中佐」

「お姫さま、不躾ながら、最後に小官からひとつお尋ねしてもよろしいでしょうか」

「？　はい」

「フリートヘルム大公殿下のことをどのような方とお考えでしょうか？」

「どのような方……ですか」

とにかく嫌味が多いとか人を褒めないとか、笑顔にこれっぽっちもありがたみがないとか、言いたいことはそれはもうあるのだけれども。

「……お優しい方なのだと思います」

フリッツは西洋の均衡を崩さないため——つぎの戦争を避けるために奔走している。崑崙に西洋のやり方を押し付けようという独善はあれど、目の前で同胞を殺されながらも報復ではなく犠牲を増やさない道を選んだことは、優しさだろう。ただし他人への気遣いがわかりづらすぎるので、また左遷されないように気をつけた方が良いと思うが。

「そうですか」

麗月の返事に柴田中佐は微笑んだ。

「小官は秋津洲の人間です。ですので、あまり良いことは申し上げられませんが」

　柴田中佐とて崑崙を略奪せんとする八カ国の一角だ。こうして麗月と親切に話をしてくれただけでも、彼は紳士的な人間と言うべきだろう。

「お若く聡明なお姫さまには、小官の妹とは違う未来があるよう願っています」


「柴田中佐とは何を話していたのだ？」

　開口一番、どこか不機嫌そうな声でフリッツは切り出した。

　あの後フリッツとも踊ったのだが彼は額に皺を作ったままだった。その後に各国公使との情報交換を経て舞踏会はお開きとなり、今は馬車でプロージャ公使館に戻るところである。

「秋津洲のお話を少し聞かせていただきました」

「秋津洲の？　……ああ」

　すぐフリッツも思い出したようだ。籠城の合間にそんな話もしたのかもしれない。

「だが秋津洲と崑崙では状況が違うだろう。秋津洲では革命があったと聞いているが、崑崙は丸ごと我々の占領下にあるのだから」

「それはそうですけど、西洋のやり方を受け容れて強くなった国とはどのようなものなのかと思いまして」

「…………」

――そこで、がたんと馬車が大きく揺れた。

「何があった?」

突然止まった馬車に、フリッツが反射的に拳銃を抜いて撃鉄(ハンマー)に指をかけた。

他国の公使館にはさすがに武器を持ち込めないが、馬車やプロージャ公使館の執務室には彼は常にこうした護身用の武器を置いている。

「何か騒いでいるようですけど……」

市街地では西京市民と占領軍の揉め事が絶えない。プロージャ公使館の馬車も何度か市民に取り囲まれたことがあるが、いつもは護衛が馬で蹴散らして強行突破していたはずだ。

それが止まらざるを得なかったとなると、よほどの人数に取り囲まれたか。

フリッツが舌打ちして馬車の窓の覆いを下ろして、小さな角灯(ランプ)の火も吹き消した。

そうすると防御は固められるが、馬車の中は何も見えなくなってしまう。

「きゃ……」

「いいか、下手に動くな。大声を上げるな」

フリッツに座席の下に押し込まれ、麗月は悲鳴を慌てて飲み込んだ。

(すぐそこにいらっしゃる……わよね)

姿は見えないが、麗月を庇うようにして自分も身を伏せるフリッツの体温が布越しに伝わってくる。緊張のためか少し息が上がっており、背を押さえつける手のひらにも汗が浮かんでいるようだ。

「くそ、命知らずども、そんなに街ごと焼け野原にしてほしいか！」

フリッツが小声で悪態をつく間にも、馬車の外はますます騒がしくなっていく。

「洋鬼子（ヤンクイツ）！」という罵声の大合唱に紛れて、御者の「危ないからお出にならないでください」という叫び声が聞こえる。

（……本当は、外に出たいのでしょうけど）

フリッツは拳銃と軍刀（サーベル）を握る手に力を込めながらもじっと耐えている。

自分自身が失ってはならない玉将だとわかっているからだ。公使、あまつさえ皇族が異国の者に殺されたとあらば、プロージャをはじめ八カ国軍は講和条約の協議を打ち切って今度こそ市街地を破壊し尽くすだろう。

（——妾（わたし）が出たら、どうなるかしら？）

ふと考えたが、すぐに打ち消した。公主は顔を知られていないので、「妾は万歳爺（ワンスイイエ）の妹だ」と叫んだところで信じてもらえるわけがない。

「あの……この通りは、どちらの国の管区でしょうか」

「確かルテニア……アンドロポフ伯か！」

現在、八カ国は西京市を八分割して管理している。通常であれば警邏の兵が来るはずだが、ルテニア……フリッツを敵視していた公使にそれが期待できるかどうか。

いや、敢えて暴漢たちを見逃した可能性すらある。

プロージャ軍の管区は少し離れた区画だ。駆けつけるにはいくらか時間がかかる。

「よほど私のことが腹に据えかねていたらしいな。負傷して公使が交代でもすれば上出来か」

麗月からしても乱暴極まりない話だと思う。

（……いえ）

今は戦争の続きなのだ。それが乱暴でないわけがないのだ。

（料理で外交ができると思っていたのが、……むしろ異常だったのだわ）

ばん！　と凄まじい物音がした。

どうやら鉄棒を持ち出してきて強引に窓を突き破ったらしい。身を伏せていなければそれだけで一巻の終わりだった。

破れた窓から月明かりが射し込んで、わずかに外の様子を窺えるようになった。

馬車を取り囲んで数十人の崑崙人の男が騒いでいる。護衛の兵が発砲して蹴散らそうとしているが、殺気立った連中を追い払うのは難しいらしい。

「……っ！」

月明かりを頼りにフリッツが発砲する。

初めて間近で聞く銃声に麗月は思わず声を上げそうになる。弾は鉄棒を握っていた男に命中、男はぎゃあっと叫んで後ろに倒れこんだ。

だが、まだ暴漢は大勢残っている。

「ちっ……」

（――え？）

ぞくりと背筋が泡立った。

背後でかたんと小さな音がしたようだ。――この馬車には窓は両側に付いている。窓枠ごと外して、蛸のようなぬるりとした動きで何かが入り込んでこようとする。

全身を黒い布で覆っているので、容貌や性別……人種すらもわからない。

フリッツも気づいたようだが、彼はなおも暴漢どもを牽制するので手一杯だ。

月明かりを受けて銀色の刃がちかちかと輝く。

黒布からわずかに覗く目が、自分の胸元に向けられた気がした。

「……え」

次の瞬間、無我夢中で、麗月は座席の下から引っ張り出したそれを叩きつけていた。

「――――!?」

ばふっと鈍い音がして、馬車の中に赤いものが散った。

曲者ながら、とっさに悲鳴をあげなかっただけでもたいした根性だ。麗月はフリッツの側にあった軍刀（サーベル）を掴んで、鞘ごと相手に向かって繰り出す。女の細腕だからたいした威力ではなかったはずだが、曲者は抵抗できずに窓の外に転がり落ちた。

「君は、いったい何をっ……」

赤い粉をまともに吸い込んでしまったフリッツが目からぼろぼろ涙を流している。

とっさのことだったとはいえ、実は麗月自身も似たり寄ったりの大惨事だ。

「と、唐辛子を……粉をついでに持ってきたと」

「あのような非人道的な武器をばら撒くな、味方のいる場所で使うな‼」

フリッツの叫びは鼻水混じりだった。

皇城に戻るついでにせっかくだから厨房に唐辛子を持って行こうと思ったのだが、運び込む機会を逸してそのままになっていたのだ。

「え……ええと、唐辛子の痛みは、油に浸した布で拭くとわりと楽になります！」

「……この馬車のどこに油があると？」

そもそもこの状況で、のんきに布で拭っている暇などない。

「くそ、目が……まだ敵が残っているというのに！」

フリッツが発砲したが狙いがうまく付けられないらしく、弾は暴漢をかすめただけだった。

「どうする……」

「――貴様ら、何をしている‼」

夜の市街地に、聞き覚えのある崑崙語が響いた。

馬の蹄の音も高らかに、柴田中佐は秋津洲の細身の刀(カタナ)を抜いて大声で呼ばわる。

「毛唐に踊らされて同胞を殺すか、この愚昧どもが！」

柴田中佐の秋津洲語の命令で、彼が率いていた兵たちがいっせいに暴漢を取り押さえていく。もとより短絡的な思考で寄り集まった輩であるから、訓練され、新式の銃を装備した占領軍に敵うわけがなかった。

「……そうか、一本向こうは秋津洲の管区だ」

フリッツの身体からぐったりと力が抜けて、ずるずると馬車の床に座り込む。

立ち回りのせいか白い肌が上気し、整えていた金色の髪もいくらか乱れている。いや、肌が紅潮しているのはただ単に唐辛子をまともに食らったからか。

「大丈夫ですか、フリ――……」

そこで麗月は力強い腕にぐいっと抱き寄せられた。

いきなり腕を引かれたせいでフリッツの膝の上に乗り上げるような格好になる。わずかに汗ばんだ身体に自分のものではない匂い、布越しなのに筋肉の感触が妙に鮮明だ。耳元で荒い呼吸の音がして首筋に吐息がかかり、かなりの強さで抱きしめられているせいで、肩掛(ショール)けの真珠の粒が肌に食い込んで痛いくらいだ。

「本当に大丈夫ですか、フリッツ」

「……君にやられたところ以外はな」

なお、唐辛子のせいで二人ともまだ涙をぼろぼろこぼしているところである。

ぎゅうぎゅうと麗月を抱きしめてからフリッツはようやく深く息を吐いた。

「無事でよかった……」

腕から少しだけ力が抜けたようだが、それでもフリッツは麗月を離そうとしない。

「い、いえ、死んではいけないのはフリッツのほうでしょう」

「君に……、何かあったら李将軍(ゲネラル・リー)に申し訳が立たなくなる」

そこで馬車の外から柴田中佐の声がした。

「大公殿下、ご無事ですか⁉」

続けて御者の声も聞こえたので、おそらく外は無事に片付いたのだろう。

外から声をかけられて、フリッツはどこか名残惜しそうに麗月の体を離す。

「ああ、今行く」

ところで言うまでもないが、麗月はフリッツの膝に乗り上げたまま、動きづらい踵の高い靴を履いたままだ。その状態で下にいたフリッツに動かれると何が起こるか。

「……ええ、ご無事で何よりです」

はたして馬車の扉を開けた柴田中佐の目に映ったのは、べしゃっとフリッツの胸に飛び込んで……いや、張り付いた麗月の姿だったが、経験豊富な秋津洲の軍人は表情ひとつ変えずにその台詞を言ってのけたのだった。

夜の市街地はなおも騒がしい。

なにせ八人の公使のひとりが襲われたのだ。何人が襲撃に参加していたのか、彼らの目的は何だったのか、この地区を管轄していたルテニア軍の責任も含めて調査するべきことはいくらでもある。

「……小官が夜会の後に詰所に寄ったところ、騒ぎのことを聞きまして……」

夜会用の正装を脱ぐ間もなく、フリッツと柴田中佐があれこれ話している。公使館か詰所でやるべき相談だが、代わりの馬車が回されて来るまでに少しでも話を詰めたいようだ。

軍務の話は麗月には口を挟む余地もないので、少し離れてそれを眺めている。

「ここは既にルテニアの管区ですから、越権行為となる可能性もありましたが」

「いや、助かった。貴官の勇気ある行動には後でプロージャから感謝状を贈らせてもらおう」

柴田中佐は穏やかな態度のままだったが、「別に要りません」と顔に書いてあった。

（妾は崑崙人に襲われて、……異国の人に助けてもらうことになったのね）

皮肉な話もあったものだ。

さきほどの曲者の姿を思い出して改めてぞっとする。

あの身のこなしはまるで宦官の劇団員のようだった。皇城には見世物を専門とする宦官がいて、月に一、二度、皇帝と聖太后に芸を奉じるのだ。麗月も数度、永祥に呼ばれて観劇したことがある。

そして自分の胸元を見るあの冷たい眼。

震える指先で触れると、そこには聖太后から借りた真珠の手触りがある。

（……まさか）

さきほどのフリッツの行動を思い出す。

彼は自分の死が決定的な事態を引き起こすと自覚して無謀な真似は謹んでいた。

では自分のごときただの〝不吉な〟公主が死んだら、いったい何が起きただろうか。

（……あなたの考える〝民心〟とは、こういうことなのですね）

夜会は終わったのだからもう良いだろうと、踵の高い靴を脱ぎ捨てて素足で二人の近くに駆け寄る。フリッツが何か言いたげな顔をしたが今は無視する。

怪訝な顔をする二人の男を、麗月はじっと見つめて口を開いた。

「さきほどの曲者ですが……あの動きは、崑崙の曲芸でした」

秋津洲隊が駆けつけたときには黒ずくめの男の姿は既になかったという。柴田中佐が捜索させているが、夜のごく短い時間の出来事であり、捕縛は難しいだろう。

「つまり、ただの破落戸ではないと？」

「暴漢を集めて、それを囮に大公殿下を暗殺しようとしたということでしょうか」

「いいえ」

麗月は首を振って、自分の首元を飾る肩掛けにそっと触れた。

「いくらアンドロポフ伯でもいきなりフリッツを殺そうとはしないでしょう。だって皇城が丸ごと燃えてしまったら、たとえ東北三省を切り取ったとしても皇城の宝物は手に入らなくなってしまうのですし」

フリッツが邪魔なのは確かだろうが、さりとて暗殺したり負傷させたりと危ない橋を渡るまでもなく他にも手はある。

「あの曲者はこの肩掛けを確認してから妾を殺そうとしました。柴田中佐が仰った通り、これは老祖宗さまの秘蔵の品で、崑崙のどこにも同じものはないはずなのです」

要は目標のわかりやすい目印になってしまうのだ。

そして。

「勝手に皇城から宝物を持ち出してはいけないというのが、協定なのですよね」

八カ国が崑崙に要求できるのは講和条約に定めた内容のみだ。八カ国連合軍で崑崙を降伏させた以上は、他国の了解なしに崑崙の富を得ることは許さないという、「獲物はみんなで仲良く食べましょう」という協定である。

その状況でプロージャ公使(フリッツ)が連れていた娘が死亡し、その遺体が崑崙でも特に有名な宝石を身につけていたとしたらどうなるか。

「宝物を独占しようとしたと、アンドロポフ伯が主張するのではないでしょうか」

フリッツは全権公使の地位を失うことはなくとも、他国への影響力は大幅に低下するだろう。そうすればアンドロポフ伯は余裕をもって領土分割案を推し進めることができる。

「…………」

人ひとり殺しておきながら、問題になるのは人命ではなく真珠のほうなのだ。

フリッツも柴田中佐も思うところはあっただろうが、彼らは麗月の推測を否定しなかった。そういうことがままあり得ると彼らはきっと知っているのだ。

「ですが……」

柴田中佐が口ごもる。麗月の推測が正しいとしても、これはルテニアだけでは成立しない。

宝石を渡し、暗殺者を紛れ込ませて、麗月を殺そうとした存在は別にいる。

「ならば、君にその肩掛け(ショール)を貸したのは誰だ？」

フリッツは敢えて麗月に問うてきた。

「それはもちろん……」

答えようとして、一瞬、言葉が喉に詰まる。

お目にかかったのは数えるほどだが、それでも血を戴いた祖母には違いなかった。

「――老祖宗（ラオヅッオン）さまです」

第四章　最後に喰らう者

「……無事だったのだな」

麗月に、ぽつりと永祥が言った。

万安宮にある皇帝の私室で、宦官も含めて全員人払いをしてある。

深夜の面会に人払いとあって不審な顔をする側近は多かったが、「双子の妹と語らうのに何を憚ることがあるのか」と皇帝に言われては反論できなかったようだ。

「はい。プロージャ帝国のフリートヘルム大公もご無事です」

「はは、……老祖宗さまに逆らって生き延びた者など、初めて見た」

黄色の衣に押し潰されながら永祥は力なく笑った。

この双子の兄は聖太后が刺客を差し向けるのに反対してくれたのだろうか。いや、きっと何も知らされずにいて、知った後にはもう手遅れだったのだ。聖太后はいつも永祥を政務から遠ざけようとしていた。

「だが、なぜ戻ってきた？　……それに、よく無事だったものだな」

「それは今、知らねばならぬことがあると思ったからです」

麗月が皇城に戻ると言い出したときにはフリッツも柴田中佐も大反対した。皇城は聖太后の牙城であり、護衛もいない麗月では戻ったとたんに捕らえられるのがオチだ。

「ですので、これも一緒に持ち帰ってきました」

麗月は立ち上がると永祥の前にどんと木箱を置いた。

絹を貼って繊細な金属細工をあしらった、真珠の肩掛け(ショール)を収める箱である。

「馬車を降りたところで『この肩掛けの糸を切って真珠をざらざら排水口に流されたくなければ、妾(わたし)を万歳爺(ワンスイイエ)の部屋に連れて行きなさい』と叫んでおりましたら、そちらにいる宦官に見つけていただきまして」

言って、麗月は外に宦官が控えているはずの扉を指差した。

「人質ならぬ、真珠質とでも言うべきか……」

「だって、妾の顔よりこの真珠のほうがよほど有名ですもの」

我ながら良い案だったと思うのだが、永祥にはフリッツのような仕草で頭を抱えられてしまった。

「…………」

永祥は改めて肩掛けが収められた箱を見下ろして、へらりと虚ろな笑みを浮かべる。

「はっ。死装束くらいは美しくあれとの、我らの偉大なる父祖の思し召しか」

投げやりな一言に当の麗月も思わず言葉を失った。

（〝くれぐれも太祖さまの御名を貶めることのないように〟……）

聖太后の言葉を思い出す。あれは舞踏会でみすぼらしい真似をするなという意味ではなく、遺体を検分された際に崑崙の公主に相応しい姿であれということだったのだ。既に知っていたはずなのに、改めて背筋が寒くなる。

そして永祥が聖太后に怯え続ける理由もわかった気がした。彼は幼い頃から聖太后が権力を振るうのを間近で見てきたのだ。

「……ですが、親不孝にも妾は生き延びてしまったようです」

「太監め、今頃慌てふためいているであろうよ」

麗月を弑そうとしたのは聖太后でも、実際にその手配をしたのは安慈海だろう。暗殺者が宦官の曲芸の動きをしていたのも、そう考えると非常にわかりやすい。

人払いをしてあるとわかってはいても、麗月は声をひそめて、

「……皇城に、ルテニアの者が訪れたことは」

「朕には知らされておらぬが、太監めは北の出身と聞いておる。かの国との繋がりがあるやもしれぬな」

崑崙はルテニアと北で国境を接しているので、朝貢はともかく昔から商人は行き来している。

ただ宦官は用心深いからすぐに証拠は出てこないだろう。それに今回ルテニアはたいして関与したわけではない。西京市民の暴動を鎮圧するのが少し遅れた、それだけ

のことだ。

（万歳爺は……何もご存知でない、わけではないのよね）

以前の会議のときもそうだが、永祥は現況をそれなりに把握している。

聖太后が教えるわけがないから彼が自身の宦官に調べさせているのだろう。むろん表立っては動けないだろうから、フリッツの折衝を間近で見ていた麗月のほうが情報そのものは持っているだろうが。

「……ですが、妾にはわからないことがあるのです」

呟くと、永祥が玉座で小さく身じろぎした。

「妾が老祖宗さまのお怒りを買ったのは――不本意ながら理解はできます。妾はこの崑崙のためと信じていますが、西洋の大公に阿った面汚しと思われても仕方ないでしょうから」

麗月は西洋人に料理を作っただけだが、西洋嫌いの聖太后にはそれだけでも裏切りとしか思えなかっただろう。

「ですが老祖宗さまがルテニアを選んだ理由がわかりません。アンドロポフ伯と手を組むなど、みすみす我が身を切り分けさせるようなものではありませんか」

最大の疑問はこれだ。これを知りたいがために危険を冒して皇城に戻ってきたのだ。

麗月の問いに永祥は薄く笑って、

「それはな、老祖宗(ラオヅォン)さまの私心のなさゆえよ」

意味がわからなかった。

思わず「老祖宗さまは自殺したいのか」とまで考えたくらいだ。だが、それならそれで他にいくらでもやりようはありそうなものである。

「老祖宗さまは、そなたに何と言っていた？」

「それは……『これが民心なのだ』と」

「そう、民がそう望んでいるからだ。民は洋鬼子(ヤンクイヅ)に媚びることなど望んではいない。ましてや鬼どもに強制されて、太祖さま以来のこの国の在り方を変えることなど」

フリッツは領土分割こそ避けているが、崑崙に何も要求していないわけではない。

（〝己にまつろわぬ対等な国々が世界にはあるのだと、いい加減に認めるべきだ〟……）

外交改革に国立銀行の創設、その他諸々、ルテニアより要求は多いくらいだ。

崑崙のこれまでの政のあり方を認めず〝西洋のやり方〟をごっそり押し付けようとしている点で、見ようによってはルテニアよりも悪辣に思えたかもしれない。崑崙には崑崙の四千年の歴史があるのだから。

「ですが妾(わたし)を弑し、それでフリートヘルム大公を排除したところで、残るのは八分割だけではないですか」

「そうだな。だが」

そして永祥はつまらなさそうに口にした。

「国が攻め滅ぼされた例は、史書にもあるではないか」

唖然とするとはこのことだった。

聖太后は常に民と太祖、すなわちこの国の歴史としきたりに従ってきただけだったのだ。たとえ滅びの道であろうとも歴史に則る限りは良しとした。

「実はな、あのとき、降伏の使者を送ったのは朕だ。老祖宗さまは最後まで良しとされなかったが、耐えられなかった朕がひそかに宦官を走らせた」

八カ国軍に皇城まで踏み込まれる寸前、ようやく崑崙は白旗を上げたと聞いている。

麗月が外朝に出て西洋軍の入城に出くわしたのが、その二日後のことだった。

「老祖宗さまに知られたときは生きた心地がしなかった。生き長らえて生きた心地がせぬとは、まこと奇妙なこともあるものよ」

自虐する永祥に、麗月は顔を真っ青にして慌てて床に跪いた。

「万歳爺（ワンスイイエ）のお考えも知らずに、妾は、たいへん失礼なことを……！」

衝立の裏で「自分の国なのに何もしないのか」と叫んでしまったが、とんでもない。

永祥が降伏の使者を送ったおかげで自分は今こうして生きていられるのだ。

「構わぬ。どうせ、できたことと言えばそのくらいだ」

今にして思えば、初回の会議に永祥が出られなかったのもそのせいか。

「そなたは知っておろうが、最初の会議、外つ国の公使どもが醜く罵り合うのを聞いてきっと老祖宗(ラオヅォン)さまは安心したのだろうよ。欲に目の眩んだ者どもに国が攻め滅ぼされた例など枚挙にいとまがない」

そもそも会議の内容に興味がなければ麗月に通訳などさせなかっただろう。口を挟む必要がないと判断したからこそ、さっさと退席してしまった。

だが二度目で焦ったに違いない。だから大声をあげて強制的に話を中断させてしまった。

「……そんな……」

麗月は呆然とするしかない。

「だって老祖宗さまは、この国でもっとも尊きお方でしょう。それがどうして……」

皇帝よりも権力のある太后なのだ。いくら好き放題に振舞っても止められる者などいないのに。

麗月の呻きに永祥は冷たく笑った。

その表情には見覚えがある――よくフリッツが浮かべているものと同じだ。

「それは老祖宗さまが、偉大なる太祖さまの血を引いてはおられぬからよ」

この国でただひとり、皇帝にしか言えない言葉だった。

以前フリッツにも話したことがあるが、聖太后は地方の役人の家の生まれだ。それが下級の妃として入内し、我が子を帝位に就けたことで皇太后となり、今や孫の皇帝を上回る権勢を誇っている。

「ですが、国の誰もが老仏爺としてお慕いしているのに……」

「だが老祖宗さまにとっては、それは超えてはいけない壁なのだろう」

国を治めるのは天命を受けた太祖の末裔たる皇帝である。

それ以外の者が私心で政を行なってはならない。皇帝にのみ許された業だからだ。

ぺたんと麗月は床にへたり込んだ。

「……妾には、わかりません」

「朕にもわからぬ。――朕は何をすべきなのか」

永祥も力なく首を横に振る。

聖太后が暴政を行なっているのであれば、皇帝を担いで聖太后を排除しようとする者も出てくるだろう。だが彼女の政は、崑崙のしきたりに則る限りは正しい。

永祥がこれまで身動きが取れなかったのもそれが理由のひとつなのだろう。

けれども。

（ああ……この方は、またこうなの）

これほど聡明な皇帝でありながら、今なお聖太后を恐れて玉座で震えている。

結局、今までと何も変わらないではないか。

麗月は立ち上がって、椅子に座る永祥の前に立ちはだかった。皇帝よりも頭を高くするなど、たとえ皇族であろうと処罰必至の重罪だ。

「何をすべきか、ではありません。何をしても良いのです。皇帝なのですから」

「だが……」

「——哥哥(おにいちゃん)！」

一喝に、永祥は目をぱちくりとさせた。

皇族は兄弟姉妹が多いのが常だが、これまで永祥はこう呼ばれたことすらなかっただろう。皇位継承は皇后の男児が優先されるしきたりがあるため、永祥は珍しい生まれながらの皇太子であり、いずれ皇帝となることが最初から決まっていた。

「やはり、もう一度言います。——ここは、あなたの国なのですよ！」

「………」

「妾(わたし)は美味しいものを食べて、親しい人と語らって、もっともっと生きていたいのです。そのためならば太祖さまのしきたりなど知ったことではありません！　妾で不足ならば街の者に聞いてみればよろしいでしょう、誇りのために全員死にたいかと！」

「……ああ」

線の細い、女のように柔和な少年の顔が、ぐしゃぐしゃに歪んでいく。

「朕とてそうだ。そうに決まっている……！」

「ならば直接、老祖宗さまとお話しするしかないでしょう」

もう聖太后にはこの件から手を引いてもらわなくてはならない。だが、

「どうやって⁉」

身分の高い者がみずから低い者のところに赴くことはまずない。そして下々の者が訪れて謁見を願ったところで、貴人は気に食わなければ追い返す権利がある。しきたりに厳しい聖太后は孫の永祥から呼び出されたというだけで激怒するだろう。

（どうすればいい……？）

麗月も自問する。

これまではフリッツがいて、自分は彼の指示通りに料理を作っていればよかった。献立や味付けの工夫はしたけれども、少なくとも目標……相手の公使をどう誘導するべきかはフリッツが明確に定めていた。

けれどもこれは崑崙のことであり、崑崙人の手で決着させなくてはならない。

（――いえ）

麗月は顔を上げた。

別に悩むほどのことではない。だいたい自分にできることと言えばひとつだけだ。

それを使った戦い方――銃と剣に依らない戦争の仕方はフリッツが教えてくれた。

「万歳爺（ワンスィイエ）。妾（わたし）は厨娘（チュウニャン）です」

　皇帝の前で麗月は胸を張った。

「哥哥（おにいさま）はご存知ないかもしれませんけど、老祖宗（ラオヅツォン）さまは妾の料理がとてもお好きでいらっしゃるのですよ。最近はずっと留守にしておりましたが、戦をしていた頃にだってよくお呼びがかかったものです」

「あ、……ああ」

　崑崙人の永祥はむろん〝厨娘〟の意味は知っているが、すぐには理解が追いつかなかったらしい。

「哥哥と老祖宗さまとのお食事は、妾が準備いたします。その間に腹をくくってください」

「……そなたが作るのか？」

　永祥はひたすら目を白黒させている。

　いきなりの展開に付いていけていないようだが、実のところ麗月だって同じだ。

　永祥にとって聖太后とはしきたりに拘泥（こうでい）する恐ろしい祖母のようだが、麗月にとっては厳しくも優しいお方だった。公主が厨房に出入りするのを黙認し、百皿のひとつを任せてくれたのは、他ならぬ聖太后だったのだから。

（老祖宗さまは、いつも妾の皿を残さず食べてくださったけれど……）

それでも麗月に暗殺者を差し向けてきた。

おそらくはそれが、永祥の言うところの〝私心〟の境界線だったのだろう。

「……生まれてこのかた、朕が思う通りにできたのはふたつだけだ」

不意に永祥が呟いた。

「降伏の使者を送ったことと、……顔も知らぬ妹を呼び戻したことだけだったな」

「哥哥のご決断を、決して無駄にはしません」

「……老祖宗さまのお墨付きとあらば味はさぞや期待できるであろうな、妹妹よ」

「――はい！」

ようやく永祥の身体からわずかに力が抜けたようだが、笑顔はぎこちない。

けれども、今はそれでじゅうぶんだった。


聖太后は、本名を蘭英という。

もはや誰にも呼ばれることのなくなった名だ。

地方のうだつの上がらない役人の家に生まれた蘭英だが、幼い頃からその美貌で知られていた。十七の歳に選秀女（選考試験）を経て入内し、皇帝の寵愛を得て男児を出産、その子は皇帝となった。

十六もの字を授かり、ただ人の娘としては最高の出世を遂げたと言えるだろう。

彼女の不幸は、夫となった皇帝が愚鈍な人物だったことだった。

皇帝に頭を抱えた大臣たちはやがて蘭英に泣きついてくるようになった。彼女しか皇帝にもの申せる人間がいないからだ。政に口を出す女と陰口を叩かれていると知っていたが、他に術がなかった。

そして夫が死んだ後に後を継いだ息子は、輪をかけて愚かな男だった。

（——このままでは、太祖さまの作り上げた国が滅んでしまう）

崑崙という大国を維持するために蘭英は文字通り心血を注いだ。息子はますます母親に甘えて政を顧みなくなり、皇后はそんな姑をあからさまに疎んじた。崑崙のためにその皇后を消したら、直後に息子まで頓死したのは想定外だったけれども。

とはいえ蘭英は皇帝としての教育を受けたわけではない。

蘭英は必死で経書（儒学）や史書を学んだ。夫や息子が頼りない今、彼女が道しるべとできるのはそれしかなかったからだ。

——そして。

（麗月は、また生き長らえたか……）

ルテニアとひそかに謀って送り込んだ暗殺者は失敗したとの報告を受けた。あの娘に武芸の心得はないはずだが、何をどうやったのやら。

しかも皇城に戻ってくるなり万安宮に入ってしまった。崑崙のしきたりにおいて聖太后は孫の永祥を諭すことはできても、皇帝の御前にぞろぞろ配下を連れて乗り込むことは許されないため、麗月が宮殿から出てくるまでは手が出せない。

（……麗月か）

八年前、〝不吉〟の呪いを避けるために弑したはずの公主が戻ってきた。皇后がひそかに伯父の李国慶に委ねていたらしいのだが、そのあたりはどうでもいい。

蘭英が興味を惹かれたところがあったとしたら、李国慶から公主を託されて養育していたのが、以前に皇城で厨師（チュウシィ）と女官を務めていた夫婦だったことだ。その厨師はかつて蘭英のお気に入りだったが、皿に髪の毛を入れたので追放した。

（――ああ、あの肥鶏火燻白菜が食べたい）

もしや養父から料理の心得のひとつも学んでいるやもしれぬと思って尋ねてみたところ、それなら自分も作れると言う。半信半疑だったが、厨房の使用許可を与えてやらせてみた。

（まったく同じ味ではないか！）

それからというもの、たまに自分の料理を作らせるようになった。

安慈海などは「公主が厨師の仕事を奪うなどあってはならない」と膳房の記録から麗月の名を消そうとしていたが、当人は気にしていないようだった。西洋の料理を学びたいと言われたときは腹が立ったが、幼い公主の我が儘と好きにさせてやった。

(――あれがもう食べられないとは、残念なことよな)

「…………」

蘭英はため息をつく。いまさら思い出しても、もう詮無いことだ。

ところでその麗月だが、万安宮に篭ったきり一向に出てくる気配がない。

(何を考えておる……?)

じりじりと時間だけが過ぎて、ようやく事態が動いたのは翌日の昼だった。

「麗月は、万安宮から出てきたのか?」

「はい。ですが万歳爺(ワンスィイエ)が護衛を貸し与えたようです。それに、すぐ養心殿の厨房に入って……」

現況を伝えに来た安慈海も何とも言えない顔をしている。

「いかがなさいますか。こちらの手の者を送り込んで、長白公主の御身を……」

「ならぬ。養心殿をみだりに血で汚すことはできぬ」

養心殿には大勢の役人が出入りしている。ただでさえ敗戦で国中が動揺している中、表立って公主を弑してはこちらの求心力そのものに関わる。

(それにしても、厨房……?)

確かに料理とプロージャ語は得意な娘だが、今の己の立場はわかっているだろうに。

そして夜になり、皇帝から遣わされた宦官の口上に蘭英は珍しく言葉を失った。

「老仏爺（ラオフォイエ）に、なんと無礼な！」

「言葉を慎め。恐れ多くも万歳爺のお言葉であるぞ」

安慈海は憤ったが、蘭英は睨んで黙らせた。それがしきたりである。

皇帝からの言伝はいたって単純なものだった。

——老祖宗（ラオヅォン）さまご所望のものを準備いたしましたので、養心殿にお越しください。

まず間違いなく麗月のことだろうが、

（……麗月の料理か）

あの娘はしばらく病と称して皇城を抜け出していたから、最近は彼女の料理も口にしていない。

最初に作らせた肥鶏火燻白菜をふたたび思い出して、不意に蘭英は空腹を覚えた。

「わかった。今すぐに参ると万歳爺にお伝えせよ」

「老仏爺！」

どのみち皇帝からの勅とあらば蘭英に無視することなどできない。

そこに料理が付いてくるくらいならば別に構わないだろう。

（あの幼い兄妹が、いったい何を考えておる……？）

そこまで考えたところで、首を振る。

彼らはもう幼いと言えるような歳ではない。——そのぶんだけ自分も老いたのだ。

運び込ませた長卓（テーブル）に白い布を掛け、銀器を所定の位置に並べる。

プロージャ公使館では料理は麗月が担当していたものの、晩餐室を整えるのは従僕たちの仕事だった。何度も出入りしているので麗月も大体は覚えているが、フリッツに見られたら細かな間違いをずらずら指摘されそうだ。

まあ、今日は西洋の正しい作法を知っている人間はいないので構わないだろう。

（それよりも、本当に来てくださるかのほうが問題なのだし……）

青ざめた顔の永祥にちらりと目をやって、麗月はそっと息を吐いた。

「――万歳爺（ワンスイイエ）」

「本当に、いらしてくださったのか……！」

宦官が恭しく扉を開ける。

聖太后は安慈海を従えて、黄色の重たい衣を纏ってゆっくりと入ってきた。

安慈海が聖太后の身体を支えようとしたが、扉の側に控えていた永祥に気づくとさっと顔を青ざめさせて壁際に控えた。永祥が聖太后の背を支えて用意された席へと案内する。

「――何の真似だ、これは」

西洋式に整えられた室内に聖太后はあからさまに眉間に皺を寄せた。

永祥がびくっと震え、安慈海が一歩前に出ようとする。だが前者には麗月がそっと寄り添い、後者は聖太后が「万歳爺の御前である」と黙らせた。

「万歳爺は、老祖宗さまと一緒にお食事を召し上がりたいとの仰せです。なればこちらの作法が相応しかろうと、準備いたしました」

皇城において皇帝が誰かと食事をともにすることはない。

周囲には女官や宦官、あるいは妃嬪がいることもあるが、彼らはあくまで皇帝の側に控えているだけだ。彼らに食事を下賜することはあるが、それも一緒に食べるわけではない。

だが今日は食卓を囲むことこそが重要だ。

同じ卓について同じ料理を食べる、西洋の流儀でやらせてもらうことにする。

「ここがどこだと……」

「朕が、家族の食事を整えよと妹妹に頼んだのです」

聖太后は思わず口をあんぐりとさせている。従順だったはずの永祥が言い返したことか、麗月を妹妹と呼んだことか、……これを〝家族〟の食卓と呼んだことか。

彼も聖太后の向かいに腰を下ろし、麗月が主催者の給仕役としてその側に控える。

長卓に用意された席はふたつ、これで揃った。

「――では」

麗月がちらりと皇帝の宦官に目配せすると、音もなく台車(ワゴン)を押して入室してきた。宦官は滑らかな仕草で二人の前に前菜を並べていく。実は麗月が急いで西洋の作法を教えたのだが、皇帝の側近を務めるだけあって半日できちんとものにしていた。

前菜は、聖太后も見慣れた品だったはずだ。

瓜を薄く切って何枚も重ね、羽ばたく鳳凰の羽根を描き出した沙拉(サラダ)である。見目よく飾り付けた料理は皇城ではむしろありふれたものである。意に染まぬ西洋料理を食わされると思っていたのだろう、聖太后は少し拍子抜けしたようだ。

恐ろしい人だとばかり思っていた聖太后だが、それなりに表情が変化することに麗月も驚く。

「毒味は不要だ」

麗月が自分で食べてみせようとしたが、聖太后はそれを手を振って遮った。

「ほう、なかなか美味いな」

先に箸をつけたのは永祥だった。

永祥は盛り付けた瓜や緑の葉をぱくぱくと景気よく食べている。沙拉とはいえ急に食べると身体に悪いですよ、と麗月が慌てて諌める。

聖太后は孫のその姿をしばし眺めてから、慎重な動きで瓜を一切れ口に運ぶ。

「……何だ、これは」

永祥が反射的に顔を強張らせたが、聖太后の呟きは不快というより不満なようだ。

「不味いとは言わぬが、そなたの皿はこのような単純なものではあるまい」

（さすが老祖宗さまだわ）

崑崙最高の百皿を食べてきた聖太后である。老いたりとはいえ舌はきわめて正確だ。

「これは優しい味と言うのですよ、老祖宗さま」

傍らの麗月を庇うように永祥が言った。

「外国の兵が攻めてきてからというもの、重湯を胃の腑に流し込むのが精一杯でしたから、朕にはこのくらいの薄味の方が良いようです。さっぱりとしていて、胃が弱っていても食べやすいと感じます」

実際、前菜は食欲を増進させるために酸味を効かせたものを供する。

「そなたは皇帝であるのだから、もっと物事を見る目を養うべきであろう」

「老祖宗さま。朕は、民から献じられたものを貶すことはいたしませぬ」

都合よく妹妹と民を使い分けている永祥である。もっともどちらも当てはまるので、麗月もいちいち口を挟もうとは思わないが。

まだ不満げではあったが、聖太后も前菜を食べ終えた。

麗月がちらりと目配せすると心得たとばかりに宦官が次の料理を運んでくる。彼らは貴人の仕草を観察するのに長けていて、小さな指示でも思い通りに動いてくれるので非常に助かる。

「ルテニア流の夜会では、前菜、湯と順番にお出しいたします」

かの国の名を出しながらちらりと顔を窺ったが聖太后は表情ひとつ変えなかった。さすがにこのくらいで揺さぶられることはないようだ。

「これはまた質素な……いや、すまぬ」

永祥が言いかけて慌てて撤回していた。生まれてこのかた皇城の料理しか食べたことがないのだから、それも仕方のない感想ではある。

「もうじき冬ですので、湯は身体を温めるものといたしました」

器からは湯気に乗って、ふわりと生姜の香りが立ち昇る。

刻んだ生姜や葱、豆などの具材を入れ、最後に溶き卵を流し込んだだけのごく簡単な料理だ。

「これは腊肉（干し肉）か？」

肉の欠片が浮いているのを見つけて永祥が首を傾げている。

「はい。西洋にも干し肉があって、あちらでは〝ベーコン〟と呼んでいるそうです」

「外国にも似た肉があるのか。面白いな」

フリッツや厨房のギードに確認したところ、作り方はほぼ同じだった。豚肉を長期間保存しようとした結果、必然的に似たような手法に辿り着いたのだろう。

「なるほど、肉とは旨味なのだな」

肉片を拾って口に運んだ永祥がしみじみ感心している。簡素な湯だが、食欲の落ちていた永祥にはむしろ良かったようだ。

（冬の湯が、哥哥にも効果があるとは思わなかったけど）

言うまでもなく、フリッツに徹夜で味見させた生姜の湯である。

あの後にフリッツは各国の将校と相談の上、優先的に摂るよう指示させたとのことだった。ただ命令はあくまで「生姜をなるべく使え」というだけで、麗月が基本的な食譜はまとめたにせよ、各国の炊事係がさらにそれぞれ工夫を凝らすことになる。

プロージャ軍の場合、本国から送られてくる瓶詰めの豆や腊肉を一緒に使ってこのように食されていると、麗月は後から聞かされた。

今のところ「こんなものが食えるか！」という苦情は出ていないそうだが、

（……生姜の効果があったのかまではわからないけど）

身体を温める効果などというものは、劇的な効果が望めるものではない。

気候はますます冬めき、今なお西京市内で揉め事は頻発している。ただ崑崙人にせよ西洋人にせよ、冬に凍死する者の数が減ればいいとは思う。

（老祖宗さまは……）

ぽつりぽつりと聖太后は匙を口に運んでいる。

「……懐かしい味だ」

その呟きに永祥は目を丸くしているが、麗月には理由がわかった。

（きっと、皇城（ここ）に来る前に召し上がられていたのね）

庶民なら誰でも食べる湯（スープ）だから、地方の小役人の家なら冬どころか一年中食べていてもおかしくはない。豆や肉の切れっ端が入っていたことだってあったかもしれない。

永祥の無作法を叱るでもなく、聖太后はゆっくりと湯を味わっていた。

会食は続く。

魚料理を経て、次は肉料理となった。

宦官が運んできた塊肉を見て永祥が目を丸くする。ローストビーフだ。

「それは……何の肉だ？」

「牛です。西洋では牛の肉をよく食べるそうですから」

肉を切り分けるのは主催者（ホスト）の役目だが、今回は永祥が不慣れなので麗月がやる。

「綺麗なものだな」

薄桃色の切り口を眺めて、永祥が素直に感心している。

（……上手く行ってよかった）

麗月もほっと胸を撫で下ろした。

皇城の厨房には牛肉などなかったが、永祥の手配で急遽、皇城の雑役夫に李国慶の別邸とプロージャ公使館まで走ってもらって確保することができた。だが公使館の厨房には西洋の烤炉(オーブン)があったが、ここは皇城である。

表面を焼いてから休ませるという手法をギードに教えてもらったものの、いざ切り分けてみるまでは少し不安だったのだ。

麗月が切り分けた牛肉を宦官が素早く皿に盛り付けて二人の前に並べる。

「…………」

しばし、永祥は肉の切り口を見つめたままだった。

崑崙でも南方の民は牛肉を食べるが、皇城で牛肉が供されることは少ない。これまでは美味そうに食べていた永祥だが、見知らぬものに手を出すのはやはり少し勇気がいるようだ。

「哥哥(おにいさま)、これは……」

麗月が説明しようとするその前で、聖太后がさっさと肉を餐叉(フォーク)で刺して口に運んだ。付け合わせの醤汁(ソース)の味には少し驚いたようだが、平然と二枚目に取り掛かりつつ、

「男子(おのこ)は肉を食すものであろう。そなたは覇気がなくていかぬ」

「は……はい。申し訳ありません、老祖宗(ラオヅッオン)さま」

永祥は気まずそうな顔をしたが、これまでのように怯えて震えることはなかった。

「麗月。これも外つ国の料理なのか？」

「はい、老祖宗（ラオヅツォン）さま。これはローストビーフと言ってアルビオンの名物だそうです」

「ほう。かの国の料理は犬の餌ばかりだと聞くが、このようなものもあるのだな」

　ローストビーフは牛肉を塊ごと焼いて醤汁（ソース）を絡めただけの、これもどちらかと言えば簡素な料理だ。西洋のものを好まない聖太后が気に入ったのは、純粋に牛肉の風味を楽しめるというのもあるかもしれない。

（……それにしても、アルビオンの食事の話はどのくらい有名なのかしら）

　西洋嫌いの聖太后でも知っていたくらいだ。ローストビーフを前に歌い出したというウィルキンス卿の姿を思い出し、麗月はそっと遠い目をした。

「――さて」

　老人とは思えぬ健啖ぶりで牛肉を平らげて、聖太后は餐叉（フォーク）と餐刀（ナイフ）を置いた。

「そなたたちは何故、予にこのようなものを振る舞った？」

　細い目がひたりと兄妹を見据える。

　以前に「豪奢な衣装に埋もれているようだ」と思ったがとんでもない。黄色い衣に刺繍された龍の、巨大な牙に今にも食いちぎられそうな気がして、麗月は思わず身を竦ませた。

　喉がひりついて息もできない。

（――ここで黙っては……！）

だが、ここで何も言えなければすべて終わりだ。フリッツとやったことも、崑崙の国そのものも。

「わかって、いただきたかったからです」

その一語を発するだけで身体じゅうの力を使い果たした気がした。

「き……今日、お出しした料理はすべて、八カ国の公使にも召し上がっていただいたものです。崑崙の料理を西洋の流儀でお出しして、崑崙の食材を西洋人でも食べられるようにして、西洋の食材も使って……、妾が作りました」

途切れ途切れの言葉を、聖太后は黙って聞いている。

「西洋人は、これを美味しいと言ってくれました。──そして、老祖宗さまにもきっとご満足いただけたものと思います」

自ら空にした皿を眺めて、聖太后は後から苦さを思い出したような顔をした。

「予も腹が空いていただけだ。それに、いったい何の意味がある？」

「老祖宗さま、崑崙と西洋はただ互いを排除するだけの関係ではありません。このように、双方の料理の美味しいところを取り入れることで、こうしてひとつの皿の上に、新しい味を──新しい関係を描くこともできるはずなのです」

「………」

聖太后は何も答えない。

「妾は西洋の料理を作りましたが、だからと言って、太祖さまの御名を貶めたとも、崑崙人でなくなったとも思いません。ただ外のものを取り入れただけです」

麗月が何を示唆しているのかは聖太后にもわかったはずだ。

深く皺を刻んだ目尻がつり上がり、唇がきゅっと引き結ばれたようだった。

「だが、先に無礼をもって接してきたのは彼奴らではないか！」

それはその通りだ。

西洋人たちは崑崙側の無知につけこんで次々に特権をもぎ取り、国内で傲慢に振舞った。公使館焼き討ち後には報復と称して強硬的に軍艦を送り込んできた。宣戦布告は、崑崙国内の港を襲撃した軍艦に対処するために発せられたとも言える。

（……でも）

麗月は不意に手を伸ばして、卓の上に置かれていた水差しを倒した。

刺繍の施された白い布にじわじわと染みが広がっていく。

「そなた、いきなり何を……」

「覆水収め難しと言います。――時間を戻すことはできないのです、老祖宗さま」

麗月は寂しげに笑った。

「崑崙が変わらぬままでいたくとも、他の人々……外国が変わることまでは止めようがありません。西洋がいつの間にか崑崙を超える力をつけていたことも、その結果として敗けたことも、御仏さまにも天帝にも覆しようがないのです」

それはもう、そうなってしまったという以上のものではない。

できるのは受け容れて対処していくことだけだ。

「だが、そんなものはもはや崑崙ではない！」

聖太后が叫ぶ。主人の激昂に安慈海が今度こそ駆け寄ってこようとする。

そこで、じっと話を聞いていた永祥が口を開いた。

「ならば――太祖さまが作ったしきたりならば、太祖さまの末裔が変えても構わぬでしょう」

「そなた……！」

聖太后ははっとした顔で永祥に目をやった。

「老祖宗さま、妹妹は夢や希望を申しているのではありません。我らにはもはやそれしか術がないのです。崑崙をこのまま滅ぼすか、西洋に阿り、彼奴らの猿真似をしてでも生き延びるか――朕は後者を選びます」

皇帝とは、天帝よりこの地を治める天命を受けた者である。

崑崙において、その決定に異を唱えられる者などいない。

「だが、民が……」

「二度も言わせるな。朕がそう申したのだ」

　永祥は震える声で、しかしはっきりと言い切った。

「老祖宗（ラオヅォン）さま、そこの太監の身柄をお引き渡しいただきたい。かの者を取り調べればルテニアとの繋がりもはっきりするでしょう。ルテニア公使を抑え込めれば、条約の協議は領土だけは保全した形で進めることができます」

　アルビオンやガリアは渋るかもしれないが、ウィルキンス卿やオータン＝スタール公とて政治家だ、いつまでも領土に固執するよりは賠償金を釣り上げるほうに切り替えるだろう。むろんそれとて崑崙には厳しいものに違いないが。

「奴才（わたくし）は、老仏爺（ラオフォイエ）さまの御心のままに……！」

「老祖宗さまのご意思でも朕の意には添わぬ。我が命に従わぬ者はここには要らぬ」

　青ざめた安慈海を、永祥は冷たく切って捨てたのだった。

（万歳爺（ワンスイイエ）は勅を下した、だけど……）

　これまで永祥が無力化させられていたのは、先祖を敬う崑崙のしきたり、役人が聖太后を恐れて彼に取り合わなかったこと、何より永祥自身が怯えきっていたせいだ。

だが今、永祥は対抗する意思をはっきりと示した。

　残るは聖太后がどう振る舞うかであるが、

「……いや、それだけでは足らぬ」

　聖太后は深くため息をついた。

「我ら家族の争いでプロージャ帝の甥御を刃の前に晒したのだ。その責を負わねば、洋鬼子どもに崑崙は蒙昧の国とまた貶されるだろう」

麗月と永祥はまったく同時に目を見開いた。

「そこの者と予の身を預ける。そなたの好きにせよ」

安慈海は口をぱくぱくとさせていたが、聖太后が永祥に従う意思を示した今、その権勢を頼みにしていたこの宦官にもはや抗う術はなかった。

永祥に仕える宦官が音もなく歩み寄ってきて、安慈海を無言で……しかし有無を言わさぬ強さで引っ立てていく。皇城、いや崑崙の政そのものが覆る瞬間であったはずだが、あまりにも短く静かな一幕だった。

（これで、終わった……のかしら）

昨日、永祥には大見得を切って見せたが、実のところ分が悪いどころではなかった。聖太后が養心殿の役人たちに大声で呼ばわれば、ここで永祥ともども捕らえられてもおかしくなかったのだ。あっけなさすぎて麗月自身がまだ信じられないでいる。

「……………」

深くため息をついて、聖太后は椅子の背に身体を預けて天井を見つめた。

西洋風に飾り付けられた室内だが、天井だけは豪華絢爛な崑崙の芸術を見ることができる。

「ところで麗月、甘味（デザート）はまだなのか」

「あ⁉」

会食はあと一品、甘味（デザート）が残っている。話に夢中ですっかり忘れていた。

壁際を見ると給仕役の宦官がおろおろしていた。麗月の合図がなければ出すに出せず、しかも聖太后と安慈海の失脚劇を特等席で見てしまい……と皇城勤めの宦官であってもなかなか辛い状況だったろう。

宦官に急ぎお湯だけ沸かし直してもらって、麗月は自ら皿と杯（カップ）を並べた。

「……妙な匂いだな」

「西洋の茶は、このような香りがするのだそうです」

プロージャ公使館から牛肉と一緒に分けてもらった紅茶（ティー）である。

西洋人も茶が好きらしく、公使館には牛酪（バター）や乾酪（チーズ）とともに紅茶の茶葉もたっぷり貯蔵されていた。初めて飲んだ時は香りに面食らったものだが、今は牛酪を使った菓子によく合うと思っている。

「これは揚げ菓子……ではないな」

「餅乾（ビスケット）と言います。悔しいので、きちんとしたやり方で作り直しました」

知らずに軍用の固い餅乾を作ってしまったのは麗月には屈辱の思い出だが、フリッツとの経緯を知らない二人は首を傾げていた。

餅乾を一口齧って、さくっとした歯ごたえに永祥が顔をほころばせる。

「酥餅（中華風パイ）とは違うが……すぐ崩れるのだな、なるほど」

永祥は気に入ったらしく、紅茶に添えたぶんをあっという間に食べ終えてしまった。

だが聖太后は餅乾に手をつけることなく、湯気を立てる紅茶をじっと見つめている。

「老祖宗さま……？」

「……予は疲れた」

呟くその姿は崑崙の老仏爺ではなく、ただの黄色い衣の老女のものだった。

その小さな身体に麗月はおそるおそる問いかける。

「老祖宗さま、……妾は、やはり〝不吉〟だったのでしょうか」

聖太后から見れば、麗月が永祥をけしかけて己を追い落としたようにしか見えないだろう。

フリッツと手を組んだことも正しかったのかどうか、今はまだわからない。

「天にましますす帝からは、災いの権化のような娘に見えるかもしれぬな」

淡々とした声に麗月は言葉を失うが、

「だが民にとっては、必ずしもそうではないのかもしれぬ」

麗月、そして永祥は顔を見合わせて、安堵のあまり同時に脱力したのだった。

思わず床にへたり込んでしまった麗月を尻目に、聖太后も餅乾をひとつ摘んでいる。

さくっと軽い音、そして、

「……美味いな」

その呟きは祖母から孫への最後の餞(はなむけ)だった。

*

「表向き、老仏爺(ラオフォイエ)は離宮に隠棲(いんせい)ということになるでしょう。不足であれば……」

「構わない。どのみち崑崙の統治機構が壊れるのは望ましくない。政府がきちんと機能していなければ、賠償金を取るのに余計な手間がかかるではないか」

嫌味を忘れないフリッツに李国慶が苦い笑みを浮かべた。

深夜の李国慶の別邸である。

麗月はまだ皇城に残って永祥の補佐をしているため、この場にはいない。

皇城で起きた交代劇は今のところ大きな影響を及ぼしていない。そもそも無条件降伏した時点で崑崙政府は統治権を失っているし、八カ国の公使は崑崙の代表が祖母であろうと孫であろうとやるべきことは変わらないからだ。

「もっとも、自主的に退かなければ私が兵を連れて乗り込んでいたがな。女帝(カイザリン)が、そのくらいは理解できる人物だったのは幸いだ」

崑崙側が素直に安慈海を引き渡したことで、捜査は早々に終わりそうだ。

プロージャの皇族が危険に晒されたのだから由々しき事態だが、崑崙の皇帝は首謀者である聖太后を処罰すると通達してきた。フリッツが無事だった以上、そのあたりで手打ちとするべきだろう。

「ルテニアを黙らせることができたのは、望外の幸いと言うべきだったが」

馬車の襲撃は聖太后側から持ちかけた話だったようだ。

ルテニアは麗月の暗殺を黙認し、それに便乗してフリッツを糾弾するだけのつもりだった。それが当の麗月に撃退され、あまつさえ講和会議でかなりの譲歩を迫られたのだから、南進を目論んでいたかの国には相当な痛手である。

「唐辛子はやはり非人道的な武器だ。神の御名において禁止すべきだと思うが、いかがか」

「……はい？」

真面目くさった顔のフリッツに李国慶が困惑していた。

「ま、一杯いかがですか。先日アルビオン産を入手いたしましてな」

「……いただこう」

李国慶が差し出してきた蒸留酒をくいっと喉に流し込む。

これまで崑崙に西洋の酒はあまり流通していなかったが、商人たちは聖太后が敗けたと見るや伝手を駆使して欧州から品物を輸入し始めたのだ。現金なものだが、おかげで最近は西京市でも洋酒を味わえる。

「これで、ひとまず目処はついた……か」

ルテニアが下手を打ったことで八カ国の協議は趨勢(すうせい)が決まった。領土分割案は空論と消え、賠償金や鉄道などの利権、そして銀行設立などで話はまとまりつつある。

グラスをテーブルに置いて、フリッツはふうっと息を吐く。

「心にもない世辞を言い合って、根回しをして、袖の下を渡して、気に食わない輩の足を引っ張るのもこれで終わりか」

「……私が申し上げるのも何ですが、その言い方は何とかなりませんかな」

ややあって、李国慶は蒸留酒のグラスを手のひらで温めながらぽつりと呟いた。

李国慶はまたもや困惑していた。

「大公殿下に申し上げることではありませんが……麗月を戦利品にせずにすんだことに、胸を撫で下ろしております」

「貴公の立場であれば、そうだろうな」

万が一、皇帝が廃された場合は麗月をプロージャに亡命させるという密約のことだ。

各人の思惑や事情はあれど、亡国の姫(プリンツェシン)を力ずくで連れ帰るなどという真似をしなくてすんだことは、フリッツとしても幸いだった。

「あの姫は馬鹿だが、馬鹿でなくなってしまうのは少々残念だからな」

「……爺代わりとして申し訳なく思いますが、その言い方は何とかなりませんかな」

　李国慶はこの上なく複雑そうな顔をしていた。

　ふとフリッツは李国慶を見つめる。

　彼が麗月の母方の大伯父にあたり、何かと彼女を助けてきたのは知っている。だが、

「……何か？」

「以前から、貴公にはいくつか聞きたいことがあったのだ」

　そんな言葉が口を出たのは、蒸留酒で少し酔っていたのかもしれない。別に酒に弱い体質ではないが、連日の協議と軍務でだいぶ疲労は溜まっている。

「あの姫のことだ。欧州（こちら）の料理の本を読みたいからと貴公にねだって、プロージャ語の教師をつけてもらったと聞いたが」

「ええ」

「だが実用書を読むだけならばあれほど習熟する必要はない。貴公が付けたという教師はなぜ、ただの姫君にあそこまで外国語を仕込んだのだ？」

　麗月はフリッツや他の公使とも問題なくプロージャ語で会話していたし、総理衙門の役人の代わりに通訳すら務めていた。ただ料理の本を読むためだけにしては無駄が多過ぎるのだ。

フリッツの問いに、李国慶は困ったように笑う。

「できれば訪れて欲しくはない未来のため……で、よろしいですかな」

その未来とやらが何なのか、崑崙の内情を知った今ならわかる。

「西洋を無視していては我が国がいずれ立ち行かなくなることは目に見えていました。ですが先例主義の老仏爺（ラオフォイエ）はそちらには目もくれず、先代、ついでに先々代の皇帝陛下は、言っては悪いですが凡庸なお方でしたからな」

本当に言ってはまずいことを、あっさりと言ってのける老人である。

「そのときのために、最低でも外国語に通じた女を内廷に置いておきたかったのです。男では老仏爺に近づくことすらままなりませんからな」

「そのために〝孫娘〟を誘導したと？」

「ええ。ですが間違っていたとは思いません」

「…………」

フリッツとて帝宮（ホーフブルク）育ちだ。皇族とはそういうものだとも思っているし、先を見越して宮中に布石を打っておいた李国慶の手腕は否定しない。

「では、姫の養父……赤子を引き取って育てた男は？」

麗月の養父母はもともと皇城で厨師と女官として勤めていた夫婦だったという。この夫婦に期待されていたのは、麗月が姫君として皇城に戻ることを想定して礼儀作法を身につけさせることだったと思われる。

だが残念ながら麗月はああである。

「私があの者に託したのは、細君が礼法に通じていたからだったのですが……」

李国慶も苦笑した。

「彼らはあの子を哀れんだのでしょう。たとえ皇城に戻れたとしてもその後は一生〝不吉〟の噂に囚われて、城壁の中で飼い殺しにされるだけだと」

だからせめて、自分の力でできることをひとつ教えてやった。

籠の中でもささやかな楽しみを見つけられるように。

「…………」

だが彼らの思惑は少し違った形に着地した。

李国慶が大勢いる姫の中から麗月を差し出してきたのは、彼女がプロージャ語を話せるからだ。さらにはフリッツが断らないよう、彼女の得意分野……料理を使って講和協議を乗り切ることを提案した。

「私は打算、彼らは哀れみであったことは否定しません」

ですが、と李国慶は続けた。

「あの子はそれを自分の力として、私が想像していた以上……老仏爺との対話すらやり遂げてくれました。月並みな言い方ですが――ええ、この爺は孫を誇りに思っているのですよ」

「……そうか」

フリッツも小さく頷いてから蒸留酒を一息に喉に流し込んだ。

アルコールが喉を焼いて胃の腑に滴り落ちていく感覚がやけに心地良い。

「貴公が羨ましいことだ。……私はもう、姫に会うこともないだろうからな」

講和条約の協議はほぼ終わり、後は条文の精査と調印を残すのみである。もう公使を宴に招いて美味いものを食わせてあれこれ吹き込む必要はない。そして崑崙の領土分割案が消え、皇室も存続させることで意見が一致した今、麗月を公使館で保護しておく必要もない。

自分がこれまで彼女と一緒にいたのは政の事情だった。

それらが解決された今、彼女はふたたび男には立ち入れない皇城の奥に戻るだろう。

「麗月とずいぶん仲がよろしかったのですな」

「……変な姫ではあった」

そしてフリッツはつらつらと麗月のやらかしたこと、もとい思い出を呟いた。

戦勝国の大公に「美味いのか不味いのか言え」と迫り、夜会では料理以外に目もくれず、朝から深夜まで厨房に籠もって慣れない西洋料理の勉強を続け、目的のためなら自分自身を見世物にすることすら辞さず、唐辛子をぶちまけた。

「……爺代わりとしてはいささか責任を感じますな」

「後宮制度には問題が多いな。女帝にああいう姫まで量産するようなら、あれの解体も条文に入れておくべきだろうか」

「いえ、むしろ麗月は内廷育ちではないからああなわけで」

　手酌で蒸留酒を注ぐフリッツにいちおう李国慶から修正が入った。

「……スープが美味かったんだ」

　独り言のように呟くフリッツは、もうだいぶ顔が赤くなっている。

「私の好きな味に作ってくれた。私の家はそんなことはまったくないから、そこだけは崑崙の女帝と皇帝が羨ましかった」

「ほう、それはそれは」

　呂律の怪しいフリッツに対して李国慶は顔色ひとつ変えていない。東洋人と比べれば欧州人のほうが酒に強いと言われているが、この場のふたりに限っては逆のようだ。

「あの子には、可哀想なことをしたかもしれません」

　酔えない老人の呟きはどこか苦かった。

「あの子は大公殿下のもとで世界の何たるかを僅かなりとも知りましたが、ふたたびそれを見る機会があるとは限りません。広い空を知った鳥を籠に閉じ込めるのはあまりに哀れです」

公主という身分がいかに不自由かはフリッツも聞いている。

欧州の王女もさして好きにできるわけではないが、崑崙はそれ以上だ。いくら皇城が広いと言えども城壁を超えられないのではただの軟禁である。

「…………」

ただ、それでも直隷総督・李国慶は自分の判断が間違っていたとは言わないだろう。崑崙の独立と未来のためには麗月が必要だったのだから。

「ですが〝戦利品〟となれば皇城から出られるやもしれぬと、益体もないことではありますが、考えたことはあったのですよ」

「そうだな。……我が国で姫を預かったとして、一族の中で適齢期となると……」

フリッツは酔った頭で大真面目に考え始める。婚姻には政治がつきまとうが、それでも年齢や釣り合いといったものはあるのだ。相性最悪で子供が生まれないままでは何のための結婚なのかわかったものではない。

「……何か?」

じっとこちらを見つめる李国慶にフリッツは首を傾げるが、老人は無言のままだ。

（下手な輩に委ねて崑崙との繋がりを持たれても面倒だし、だとすると……）

そこでフリッツはとろんとしていた目を瞬かせた。

＊

　そして、秋からの交渉――いや、夏から続いた〝戦争〟はようやく終わりを迎えた。

　崑崙が八カ国にそれぞれ支払う賠償金の額、外国の企業に崑崙内で与える特権、関税自主権の制約、そして外交部や国立銀行の設置――などがくまなく記された公文書に、八人の公使と永祥がそれぞれ調印する。

「――では、これにて」

　乾清宮で行われた調印式を取り仕切るのは、崑崙の直隷総督、李国慶だ。

　二枚羽根の冠の大臣は、九人分の署名がなされた文書を恭しく掲げて壁際に退いた。

（……大局的に見れば）

　これは東洋の大国・崑崙が、西洋列強にあえなく膝を屈した図だ。祖母である聖太后を追放してまで巨額の賠償を飲んだ永祥は、民を苦しめた〝不吉〟で愚かな皇帝としていずれ文献に登場することになるだろう。

　崑崙そのものが八分割される寸前だったとは、おそらく記録されないだろうから。

（哥哥……）

　永祥は玉座に悠然と座っているが、予備の通訳として衝立の裏に控えている麗月には、白い手がずっと震えているのが見えている。

これから彼を待っているのは茨だけの道だ。民心に添わない皇帝への反発、崑崙からさらにうまみを吸い上げようと群がってくる他国の者ども。彼を襲うであろうものはあまりに多く、そして恐ろしい。

「――では、皆」

だが、その手を黄色の衣の下に隠して永祥は声を張り上げた。

「我ら九カ国のさらなる友好と発展のために、宴の席を用意してある。今日より我らは友人同士である。大いに飲み、語らおうではないか」


「……おお」

客人たちがいっせいに感嘆の声を上げた。

これから始まるのは各国の公使と外務官僚を招いた大規模な晩餐会だ。用意された乾清宮の一室は先日会議が行われた部屋よりも広く、視界を彩る崑崙の細工も他の部屋より立派なものが揃っている。

ただし、西洋風に飾りつけるとちぐはぐになってしまうのはいかんともしがたい。それを少しでもごまかすために、まずは大光量の油灯（オイルランプ）をいくつも並べさせた。

（そして、とにかくまずは見た目で度胆を抜く！）

「これはこれは、見事な宮殿ですなあ！」

ぱちぱちと拍手までしてくれたのはオータン＝スタール公だ。

広い晩餐室の中央に聳え立つのは、朱色も鮮やかな皇城の縮小版だった。

一見すると建材をそのまま卓上に持ち込んだかのようだが、近づいてよく見てみれば、城の四方を囲む城壁や門は固く焼いた餅乾や麵麭でできており、そこに着色した奶油を塗ってあるとわかるだろう。

宮殿も同様に餅乾を組み立てて作られており、こちらは太い柱に巻きついた龍の意匠まで再現されている凝りようだ。石畳は牛軋糖、屋根は餅乾の上に溶かした砂糖を塗って瓦を再現、小さな練り菓子の役人たちが忙しそうに城内を行き交う。

「これをわざわざ作ったのかと思うと、気が遠くなりますな」

「いやはや、うちの王太子殿下の結婚式でもこれほどの大きさは……」

もとより崑崙では料理に繊細な細工を施すことが多い。皇城の厨師たちがその技術をいかんなく発揮した、いくら眺めても見飽きることがない大作だ。

「……よく、こんなものまで知っていたな」

(だって、一度やってみたかったのですもの！)

飾り物を見上げて呟くフリッツに、麗月は物陰でふんぞり返ったのだった。

この巨大な飾り物はピエスモンテ、あるいはエクストラオーディネールと呼ばれる。

西洋の近年の流行で、結婚式など大掛かりな祝宴にこうした巨大な菓子を置いて豪華さを演出するのだそうだ。麗月も憧れていたがさすがに聖太后の食事に加えるわけにはいかず、指を咥えて本を見ているだけだった。

だが今回は永祥の「食材と厨師はあるだけ好きに使っていい」とのお墨付きである。

（いえ、妾が趣味に走ったわけではないわ。これは崑崙のための宴なのだから）

麗月はひそかに拳を握るが、用意された席に着くフリッツはどう見ても呆れ顔だった。「やりたい放題にやりすぎだ」といつもの嫌味まで聞こえてきそうである。

（……あの方のお顔を見るのも久しぶりだわ）

暗殺未遂の後、麗月はずっと皇城の永祥の傍らにいたためフリッツと話す機会もなかった。李国慶を通じて連絡は取っていたが姿を見るのは数週間ぶりだ。

（これで、終わり……なのね）

さきほどの調印式を以って〝食卓外交〟も完了した。

フリッツもこの宴が終われば本国に戻るだろう。もともと左遷で崑崙まで飛ばされてきたということだが、さすがに公使館の籠城戦を戦い抜き、全権公使まで務めた大公を東洋に放置はすまい。李国慶もそんなことを言っていた。

「…………」

小さく首を振る。

感傷に浸っている場合ではない。永祥から直々に晩餐会を取り仕切るようにと命を受けたのだから、崑崙の誇りにかけてやり遂げなくてはならない。

（それが、妾にできることだもの）

いつもであれば厨房に戻って料理の最後の仕上げを行わなくてはならないところだ。ただし今回だけは厨師の地味な服ではなく、着替えて配膳係に加わっている。

客人の細かな注文を伺うには外国語が必須だが、李国慶の部下や総理衙門に所属する通訳だけではとうてい足らず、麗月もこちらに回らざるを得なかったのだ。

夜会ですれ違っただけの麗月の顔を覚えている西洋人は多くはないだろうが、念のため女官の衣装と髪型に薄く化粧もしている。

（でも……そういえば、晩餐を実際に見るのは初めてだわ）

モンロー教授の設宴を除けば麗月はいつも厨房にいたので、自分の料理を客人たちが食べるところを直に見たことはない。彼らははたして笑顔で食べてくれているのだろうか、食べながらどんな話をするのだろうか。

そして、晩餐会が始まった。

まずは食前酒で乾杯する。西洋の葡萄酒には赤と白の二種類があるが、食前酒としてはもっぱら白の発泡酒が飲まれる。胃を刺激して食欲を増進させるという、前菜と似た効果が期待されているからだ。

その次は前菜である。

宦官たちが音もなく台車(ワゴン)を押して入り、客人たちの前に皿を並べていく。

白い皿に美しく盛り付けられた料理を眺めて、客人たちはそれぞれに表情を変えた。

「……なるほど」

八種の料理にはそれぞれ特徴があり、並べ方は各国の長卓(テーブル)の配置と同じだ。

狭い地域に密集している西洋の国々は食文化も似通っているが、それぞれ個性もあり、たとえばプロージャの名物料理はジャガイモやアスパラガスを多用する。

「………」

(この時期のアスパラガスは貴重なのだから、もう少しありがたがって食べていただきたいわ！)

麗月がいると知ってか知らずか、フリッツは無言でジャガイモに餐叉(フォーク)を入れている。

「――ほお、貴国の象徴は豚の餌だと思われているようですな」

だが対角線上の席から突き刺すような目で睨みつけられ、顔をしかめて手を止めた。

ジャガイモは百、二百年ほど前に西洋にもたらされた作物だが、当初は豚の餌として人々には敬遠されていたそうだ。現在では飢饉の救世主として持て囃されているが、それでも格の高い食べ物ではない。

(最後の晩餐なのだから、もうちょっと我慢していただきたかったわ……)

麗月も内心で頭を抱えた。

馬車襲撃事件の詳細は伏せられているが、襲った側と襲われた側を接触させないよう、プロージャとルテニアの長卓はなるべく離してあった。しかし結局これである。

他の公使たちも、会議における二人の仲の悪さは知っているので呆れ顔だ。

「崑崙の料理人は、我が国の流行もよく知っているようだ」

皿を見下ろしてアンドロポフ伯は鼻を鳴らす。

ルテニアの位置に盛り付けられた前菜は、ジャガイモや人参、火腿などの具材を賽の目に切って、蛋黄醤という醤で和えた沙拉だ。ルテニアの宮廷料理人が考案したこの料理は非常に滑らかで口当たりが良く、西洋諸国の宮廷でこぞって取り入れられている洗練された一品である。

「まあ確かに、芋がごろっとしてるよりはマヨネーズの方が洒落てま……失礼」

正直に感想を述べかけたモンロー教授は、フリッツの表情に慌てて口をつぐんだ。

確かに、見た目に関してだけは麗月もそれは否定できないが、

（あちこち手配して牛酪を探すより、蛋黄醤を作る方がよほど楽だったのよね……）

忙しなく杯を運びつつ、厨房の修羅場を思い出して麗月は思わず遠い目をした。

蛋黄醤は卵と白醋（酢）、油さえあればいいので、崑崙でも簡単に再現できる西洋料理のひとつである。西洋の食材を揃えるのにも苦労した麗月と膳房の厨師たちは、

蛋黄醬(マヨネーズ)の作り方を確認して「これならすぐに作れる！」と泣いて喜んだのだった。

（……そのうち、こっそりお知らせしておこうかしら）

そんな複雑な関係が交錯しつつも、おおむね前菜は好評なようだ。

「いやはや、最初にこの城に来たときにはどうなることかと思いましたが……」

「あの皇帝は、女帝(カイザリン)よりは気が利いておるな」

ウィルキンス卿は隣席の部下とにこにこ話しながら、薄く切った麵麭(パン)に具材を挟んだサンドイッチをつまんでいる。味音痴とさんざんな評判な国だが、フリッツに是非とも見習わせたい心なごむ笑顔だ。

晩餐は穏やかな雰囲気で進んでいく。

湯(スープ)と魚料理は好みのものを選べるように数種類が用意されている。

エスパーニャのトマトのスープ、そしてアメリゴの家庭料理だというチャウダー……野菜や二枚貝、腊肉(ベーコン)を牛乳で煮込んだスープが運ばれてきたときには、モンロー教授は餐叉(フォーク)を握ったまま万歳をして危うく隣席の部下の頰を抉るところだった。

（……ルテニアの次に、アメリゴの暗殺騒ぎにならなくてよかったわ）

ただ、秋津洲の名物だという刺身が運ばれてきたときには一悶着あった。

「これは、まったく火が通っていないではないか！」

「我々をまとめて食中毒にさせる気か⁉」

「違うのです、新鮮な魚ならば美味しく食べられるのです……！」

魚を生のまま食べる習慣があるのは秋津洲だけだ。いっせいに疑惑の目を向ける西洋人たちに福島公使が必死に説明している。

「魚を生のまま食べるとは面白い習慣だ。……ほう、半分透き通って美しいものだな」

「なるほど、海岸線が長い国ならではの食べ方だ」

結局、主催者(ホスト)である永祥が口にし、フリッツがそれに続いたことで、他の公使たちも渋々といった顔で口にしていた。それでも、

「まあ……悪くはありませんな」

社交辞令であろうがそんな呟きも聞こえてきたから、結果は悪くなかったはずだ。

そして晩餐の最大の見せ場、肉料理がやってきた。

宦官が恭しく台車(ワゴン)に乗せて大皿を運び込んでくる。

これまでの特徴ある料理と比べれば、それはいくらか簡素だった。

牛肉を大きな塊のまま赤葡萄酒(ワイン)、トマトや玉葱といった野菜とともに煮込んだ料理だ。多少の味付けの違いはあれど西洋各国やアメリゴには似たような料理があるはずで、例外は秋津洲くらいか。

もっとも崑崙と似た食文化を持つ秋津洲でも、最近では壽喜焼(すきやき)とかいう牛鍋が流行しているだそうだから、まったくもってあの国は変化が激しい。

「ほほお……」

牛肉の煮込みを見つめる公使たちの目が輝いている。

前菜やスープの味からこれも期待できそうだというのもあるだろうが、西洋人の根幹はやはり麵麭(パン)と葡萄酒(ワイン)、そして牛肉でできているものらしい。

宦官は永祥の前に牛肉の大皿、そして小型の刀(ダオ)を差し出した。

肉料理を切り分けるのは主催者(ホスト)の仕事だ。永祥は小刀を手に取ってから、おもむろに列席する公使たちを見渡した。

「そなたたちも気づいてくれたと思うが、今日、振る舞った料理はいずれも、それぞれの国の豊かな実り、豊かな文化を表現したものである」

ここだけ永祥は滑らかなプロージャ語で述べた。

麗月に教わって必死に練習した成果である。

「この牛肉の煮込みはまさしくその集大成と言うべきものであろう。この深い色、刃を入れずとも伝わってくる芳醇な匂いを感じるとき、朕ははるか西洋の文化に畏敬の念を覚えずにはいられない」

舞台役者さながらに、年若い皇帝の声は晩餐室に朗々と響く。

――そして永祥は西洋に向けて、逆手に握った小刀を一気に振り下ろした。

「ひっ⁉」

誰かが小さく呻く声がした。

むろんそれは錯覚であり、永祥は慎重な手つきで牛肉を切り分けている。だが彼が主催者の仕事をやり終えるまで、長卓(テーブル)の誰もが一言を発することもできなかった。

(妾(わたし)たちはようやく豚を脱したばかりで、まだまだ搾取され続けるのでしょうけど)

切り分けられた牛肉の煮込みは一度厨房に戻してそれぞれの皿に綺麗に盛り付け直し、温め直した上で給仕される。なお皇城の厨房には大型の保温機がないので、宦官を一皿につき一人付けて火加減をさせる人海戦術だ。

厨房でじっくりと煮込まれた牛肉は、角灯(ランプ)の光を受けてふくよかに輝く。

(いつまでも喰われる側でいるわけではないわ。——妾たちは生き残ったのだから)

芳醇な味と香りのそれを、永祥はさも美味そうに口にしたのだった。

「…………」

西洋人たちはどこか青ざめた顔で牛肉を口にしている。不味いわけではないようだが、一瞬、永祥に気圧されてしまったこと自体に落ち込んでいるような様子だ。

そして肉料理を食べ終えると、残りは甘味(デザート)となる。

「これは……」

薄い白磁の皿に盛られているのは、同じく白一色のみ。

これまでの各国の特徴を色濃く出した鮮やかな料理から一転、新雪のごとき白を見つめて、客人たちはいっせいに戸惑いの声をあげた。

「これは杏仁羹（杏仁豆腐）と言う」

誰も見たことがないであろうそれは、崑崙の甘味だ。

「我が崑崙には、かつて徳の高い医師が民のために身体に良い杏を植えさせ、また病人でも種の中身を食せるようにこの甘味を考案したという伝説がある」

杏の種の中身をすり潰して得た白い汁を寒天で固めたものである。見た目の美しさや作るのに非常な手間がかかることから、崑崙でも祭祀で祖先に供えられ、あるいは皇帝に献じられる格の高い一品だ。

「異国からはるばる旅をしてきたそなたたちの疲れを、この杏仁羹が癒すであろう」

朗々と永祥は最後の挨拶を述べた。

「今日より我らは友人である。――我が崑崙もまた、その紐帯の一員となることを望みたい」

杏仁羹は白く柔らかく、ちょっとつつくだけで簡単に崩れてしまう。

だが甘みとほのかな苦味、つるりとした喉越しは重くなった胃にも優しいだろう。

（……これで、本当に終わりだわ）

初めて見る崑崙の甘味を客人たちは目を丸くしながら餐匀でつついている。

祭りの最後はいつもあっけないものだ。まだ客人の見送りと厨房の後片付けが残っているが、それを乗り切ればこの奇妙な日々も終わる。

内廷から出ることもないと思っていたのに、西洋の厨房で烤炉(オーブン)を使って料理した。西洋の大公に連れられて夜会に行き、西洋や秋津洲の人々にたくさん会った。

まさか自分が国を守るだなんて思わなかった。

(あと、やり残したことがあったとしたら……)

麗月は長卓(テーブル)にずらりと座る、西洋の要人たちに目を凝らした。

誰も彼もが似たような黒い西装(スーツ)を着ている中から、黄金の冠のような金髪を探す。

プロージャ公使館を訪れた人々や聖太后すら料理を褒めてくれたが、当のフリッツだけは最後まであの一言を言わなかった。問題ないとは言っていたし、麗月が厨房に慣れてからは細かい注文も付けてきたので、信頼されていたとは思うのだけれども。

でも自分の料理をどう思っていたのか、一度くらいちゃんと聞きたかった。

(――ああ、そうか)

そして麗月はある一点に目を留めた。

麗月はフリッツと公使たちのために厨房で何度も料理を作ったが、会食の間は厨房に籠もりきりで最後の仕上げに追われていたため、彼と一緒に食べたのは深夜の厨房で生姜の湯(スープ)を作った時くらいだ。

でも、もっと何度でも強引に誘えばよかった。

（……お顔を見ていれば良かったのだわ）

やっと見つけたフリッツは、杏仁羹を崩すことなく器用に食べている。

餐勺（スプーン）を口に含んだとき、その口元がかすかにほころんだようだ。

それは徹夜明けの朝に一度だけ見た、どこか幼さを残した、ごく普通の笑顔だった。

「…………」

麗月は踵を返して給仕役に戻り、そして、皇城での最後の宴は終わりを告げる。

ほどなく異国の過客たちはそれぞれの国へと帰っていった。

終章　飴と笑顔

長く厳しい冬が過ぎ、春になった。

初冬まで西京市郊外に駐留していた八カ国軍は、調印式からさほど経たず撤兵を完了した。冬が厳しくなる前に本国に戻さなければ体調を崩す兵が続出するし、それ以上に冬に強いルテニア兵を残留させるわけにはいかなかったからである。

西京市内の公使館には駐在武官、また主要港に軍人を置くことは認めざるを得なかったが、軍艦の噸数（船の大きさ）には制約がかかった。

戦争は終わったのだ――と民はようやく安堵したことだろう。

ただしそれは、この国の新たな苦しみの始まりでもある。

八カ国から莫大な賠償金が課されたために全土で税率が一気に引き上げられた。各地の巡撫（地方官）から報告させて調整して……あるいは大半を無視して、〝不吉な〟皇帝は民の怨嗟の声を聞き続けなくてはならない。

「今日の見起（政策の討論）は何人だ？」

「ええと老爺、ではなくて直隷総督がいらっしゃって、次にアルビオンから……」

永祥に問われて、麗月は慌てて懐から紙片を取り出して確認した。

皇帝の生活はしきたりで細かく定められている。

朝の三時に起きて軽食を腹に入れたらまずは早朝の謁見に臨む。一休みしてから朝食を食べ、それから各省庁から上がってきた公文書の確認、あるいは臣下と見起を行う。それが一段落したらようやく昼食を摂ることができ、午後は教師を招いて勉強、夕食を食べたら翌日の謁見に備えて眠る。

（いえ、別に早寝できるわけでもないわね……）

妃嬪のもとに通って子を成すのも皇帝の務めである。聖太后が増やしたがらなかったので永祥の妃は少ないが、それでもいないわけではない。ただし最近は妃の部屋に行っても疲れてほとんど寝ているらしいが。

（……身内の私生活は知りたくなかったわ、いえ本当に）

兄嫁が多すぎる内廷暮らしの弊害であった。

そして永祥の場合、これらの日課に加えて頻繁に外国使節との謁見が入る。崑崙が〝開国〟したことで一気に外国から使節が訪れるようになった。件の八カ国の政治家や商人が多いが、利権のタダ乗り狙いか他国の者もちらほらいる。

実務は発足したての外交部に回すのだが、皇帝が必要になる場面も多い。

「そうか。となると今日もそなたが要るな」

「万歳爺（ワンスィイエ）の仰せのままに」

麗月は外国使節との謁見における通訳をまとめて引き受けていた。

内廷の女がみだりに顔を晒すのは望ましくないが、永祥はしきたりを簡略化していく方針であるし、そもそも長いこと聖太后に抑え付けられていた永祥が信頼できる部下は非常に少ない。人材の選り好みをしている場合ではないのだ。

そのついでに最近は永祥の予定まで管理させられるようになってきて、

（確か、こういう役職を秘書（ゼクレテーア）と言わなかったかしら……）

だんだん自分の身分がわからなくなってきている麗月である。

「……そうだ。哥哥（おにいさま）、これをどうぞ」

麗月は蝋引き紙に包んだ飴を差し出した。

一昨日に厨房で作ったものである。激務の永祥のために最近はこうした小さな菓子を作り置きしておくことが多い。

永祥は生姜入りの飴を幸せそうに舐めている。これで昼食まで乗り切れるだろう。

李国慶との見起は通訳は要らない代わりに横で書類整理をさせられ、アルビオンの造船会社の代表との謁見は定型通りの内容で終わった。

（これなら今日は楽かしら……）

「次はどこの国の者だ？」

「プロージャです。商人ではなく貴族のようですが……ええと、これは〝観察〟？」

玉座に腰掛ける永祥と顔を見合わせる。

西洋には崑崙にはない役職が多いため、単語を訳しただけでは意味がわからないこともままある。外交部か李国慶あたりに確認すれば良いのだろうが、彼は見起を終えて軍機処（軍本部）に行ってしまった。

「……仕方ないな」

ただ外交部が発足した今、皇帝に求められるのはあくまで儀礼的なやり取りである。今回もそれで終わるだろうと二人は腹を括って、永祥が扉の前に控える役人に声をかけた。

――皇帝と同じ色の髪を戴く青年が、扉の向こうにいた。

「……え⁉」

「そなたは確か、プロージャの……」

フリッツは謁見の間に足を踏み入れると、呆然とする双子の前で片膝をつく。崑崙の叩頭の礼ではなく、西洋における王への敬意を示すものだ。

「ご無沙汰しております、皇帝陛下」

「うむ、そなたも壮健そうで何より…………麗月、訳を！」

呆気にとられていた麗月は永祥に袖口を引っ張られてようやく我に返った。

普通であれば挨拶の後に皇帝が相手の役職や仕事についていくつか尋ね、先方がそれに答えた後、皇帝から激励と祝福の言葉を述べれば終わる。麗月と同様に驚いていた永祥だが、さすがに自分のやるべきことまでは忘れなかったようだ。

「私は、我が皇帝陛下より秋津洲、アメリゴへの使節を命じられました」

秋津洲は崑崙の東側に位置する島国であり、アメリゴとの間に定期連絡船が就航している。フリッツがこの二国に向かうためにまず崑崙を通過し、そのついでに西京市に立ち寄っても別に不自然ではない。

（それにしても、ようやく本国にお戻りになったのにまた外国に行かされるなんて）

「それはそれは……では、そなたの名乗る〝観察〟とはいかなる役目なのだ？」

永祥の問いにフリッツは薄い愛想笑いを浮かべた。

「我が国は貴国に対して制度改革、賠償金、鉄道敷設などさまざまな条件を課しました。それらが適切に実行されているかを拝見し、あるいは改善を要求するものです」

一瞬、永祥がむっとした顔をした。

急速に、しかも外圧によって始まった改革のために子を作る暇もないほど働いているのはこの永祥である。それを「ちゃんとやっているか見に来た」と言われては、この気弱な少年も腹が立つというものだろう。

だがあくまで挨拶、通りすがりに寄っただけだと気を取り直したらしく、

「そうか。我が国は古来より異邦からの客人を歓迎している。心ゆくまで滞在するがよかろう」

「それからひとつ、可能性を検討しに」

「……可能性？」

永祥の目がたちまち吊り上がった。

今の崑崙において西洋人の考える〝可能性〟など、新たな侵略の糸口としか思えないが、

「我が国の富をあれだけ賠償金として吸い上げておいて、なお飽き足らぬか！」

「……万歳爺（ワンスイイエ）！」

声を荒げる永祥の耳元で小声で囁く。

「フリートヘルム大公が理由もなくあのようなことを仰るとは思えません。お願いです、どうか妾（わたし）にあの方とお話しをさせていただけませんか」

「………」

しばし永祥はフリッツを睨みながら黙り込んだ。

「わかった。長白公主、朕の名代としてプロージャ帝国の観察役との会談を命じる。ただし」

拳を黄色の衣の下ではなく、フリッツに見えるようにぐっと握りしめる。

「これだけは確実に伝えよ。――今後、我が国から何ひとつ奪わせはせぬと！」

高らかに発せられた勅に、麗月は深々と頭を下げた。


というわけで、麗月は数ヶ月ぶりにフリッツと向かい合っている。

未婚の女が男とふたりきりで話すわけにはいかないので、乾清宮に用意させた部屋の隅には女官と永祥が寄越した宦官が控えている。ただし会話はプロージャ語なので、内容まで知られることはないはずだ。

（……何をどこから話したらいいのかしら）

聞きたいこと、尋ねるべきことは山ほどあるはずなのだが。

「それにしても、皇帝（カイザー）はずいぶん顔つきが変わったものだな」

結局、先に口を開いたのはフリッツだった。

「毎日、必死でいらっしゃいますもの」

これまで聖太后が担ってきた重責が一気にのしかかってきたのだ。毎日、震えながら臣下や使節に向き合っていることを玉座の傍らに立つ麗月は知っている。

「ご覧の通り万歳爺は非常にお忙しいのですから、謁見に来るなら先に連絡していただかなければ困ります！」

「こちらも事情があって、電信をあまり使えなかったんだ。使者を先に出立させたとしても天候次第で追いついてしまうし、さっさと自分が出たほうが早かった」

「そちらはそちらで大変だったことはわかりましたけど！」

フリッツに食ってかかる麗月を女官たちがおろおろと見つめている。

「い……いえ、妾はまたお会いできたことは嬉しいですけれども」

「……そうか」

大声を出しすぎたと慌てて付け加える麗月に、フリッツは小さく微笑んだ。

「そもそもどうして、また国外にいらっしゃるのです？」

皇族であり、公使館籠城戦の指揮を取り、全権公使まで務めたのだ。

プロージャ皇帝と折り合いが悪いとは聞いていたが、さすがに本国も実績を認めざるを得ないと思っていた。何をやらかしてまた海の向こうにまで飛ばされようとしているのやら。

「端的に言えば、アンドロポフ伯のせいだ」

フリッツはうんざりとため息をついた。

「よほど腹立たしかったのだろうな、ルテニアに帰国した後、我が帝宮にあることないこと噂を流してくれたらしい。面子としきたりにしか興味がない愚か者どもだ、崑崙の城にも似たような連中はいるだろう？」

「ええ、まあ……」

　聖太后と安慈海に阿っておこぼれに与っていた人々の扱いには永祥も李国慶も苦労している。そんな世知辛い話に限って東西で代わり映えしないものだ。

「そのせいで、あちらの皇帝陛下にまた邪魔者扱いされたと……？」

「そんなところだ。――そういえば」

　なぜかフリッツはそこで一度言葉を切って、どこか探るような目で麗月を見つめる。

「その噂の中には、〝崑崙の姫（プリンツェシン）を娶るつもりらしい〟というものもあったな」

「…………………はい？」

　頭の中でプロージャ語の字引を三度引き直したが、訳文はどれも同じだった。

（話からすれば、噂になった公主とは妾のことなのでしょうけど……）

「それは、フリッツには災難なことでしたね」

　しみじみと感想を述べる。

　別に自虐というわけではなく、素直な感想である。西洋に双子を忌む慣習はないとはいえ、大公ならばがさつな公主でなくともいくらでも淑やかな美人を選べるだろう。アンドロポフ伯も堂に入った嫌がらせをするものだ。

「………」

　フリッツはきつく眉間に皺を作ってから、どうにかいつもの無表情に戻していた。

「でも結婚だなんて、なぜそこまで話が飛躍したのです？」

「……アンドロポフ伯は女帝(カイザリン)と結託していたから、私が連れていた料理人(シェフ)の娘が崑崙の姫だと知っていた。もっとも唐辛子に撃退されて、結局、暴露できずじまいで終わったわけだが」

「ええ」

　独身の男が娘を連れ歩いていたというだけで憶測を呼ぶものだし、しかも皇族のフリッツの相手が実は公主だったとなれば、帝宮(ホーフブルク)の人々がどよめいてもおかしくはない。

「崑崙は今は戦と賠償金で疲弊しているが、将来もそうであるという保証はない」

　今は東洋のハリボテでも、いずれ本物の龍に戻るかもしれない。

　そしてそうなったとき、フリッツが崑崙の公主と結婚していたとすれば、彼の帝宮における影響力は確実に増す。

「ですが、崑崙(わたしたち)は改革もまだこれからで、龍なんてとても……」

「結婚とは〝可能性〟である——というのが、我が帝室の常套句でな」

　はるか未来にどの国が栄えるかなど誰にもわからない。だからこそ婚姻政策を駆使し、あらゆる王家の家系図に布石を打ち続けることで、プロージャ帝国は今日(こんにち)の巨大帝国を築き上げたのだ。

　麗月もうんうんと頷いて、

「確かにうまいこと美形のお金持ちを捕まえたとしても、ぽっくり先立たれないか、ちゃんと後継ぎが生まれるか、あと旦那様の足が我慢できないくらい臭いかなんて、嫁いでみなければわかりませんものね」

「……興味深い解釈ではあるが、もう少し姫らしい表現をしてくれないか？」

フリッツはしばし遠い目をしたのだった。

「あの……それなら、崑崙（こちら）にいらっしゃるのは余計にまずかったのでは」

「――とは言え、あの無能どもにしては勘が冴えていたと言うべきだろうな」

言いかけたところで麗月は思わず口をつぐんだ。

フリッツの唇がにやりと吊り上がる。久々に見る、美形なのにまったく嬉しくない笑みだ。

（……いえ）

以前とは少し違うか。ただの冷笑ではなく、奥にもっと獰猛なものが潜んでいる。

「実際、私はそのつもりだったのだから」

麗月は何度か目を瞬かせてから、不意に「あ！」と声を上げた。

そもそもフリッツが敗戦国の崑崙に肩入れし、李国慶とひそかに結んだのは、プロージャの次期皇帝選びに際して崑崙の後ろ盾を得るためだった。

それはまさしく帝宮の人々が恐れている、〝東方の龍〟の力を手に入れた構図だ。

「厄介払いされたついでに、連中の懸念を現実にしてやるのも悪くはないだろう?」

言い切って、ふたたびフリッツは獅子のような笑みを浮かべたのだった。

「……………」

麗月は唖然とするが、西洋人の考え方としては普通なのだろう。

西洋ではたとえ皇帝でも政略結婚が当然であり、しかもフリッツは婚姻政策を十八番とするプロージャ皇族の一員である。崑崙への助力の対価、あるいは今後の担保として、公主を求めてきてもおかしくはない。

そして、それは今の崑崙にとっては悪い話ではない。後ろ盾が欲しいどころか、猫の手すらいくら借りても追いつかない窮乏状態なのである。

でも。

(フリッツが、結婚……)

「……その、君は、どう思うだろうか?」

「どうと申されましても、フリッツのことですし……」

自分のごときただの公主が、若く有能な西洋の大公に口出しできるわけがない。

けれども、何か喚きたくてたまらないような、これ以上この話を聞きたくないような、もやもやしたものが胸の中に生まれて渦を巻く。

「あ、でも、未婚の長公主はまだ大勢いらっしゃいますよ。……どなたです?」

先帝時代は大所帯だったそうなので、永祥の同母姉妹は麗月だけだが異母姉妹は多い。既に結婚している者もいるが、大半は麗月と同年代でそろそろ降嫁する年頃だ。

小首を傾げる麗月に、フリッツはがっくり肩を落とした。

「なぜそこまで理解していて、肝心なところだけすっぽ抜けるのか……」

「失礼ですね、フリッツの冗談がわかりづらすぎるのです！」

喚く麗月を、フリッツはひたと見つめる。

崑崙にはない青の瞳の中に自分の姿を見つけてしまい、心臓がどくりと跳ねた。

「――我想要你（君が欲しい）、麗月」

一瞬、時間が止まったかと思った。

彼の口から自分の名を呼ばれた瞬間、世界から音も乾清宮の風景も消え去って、世界には自分とフリッツの二人しかいないような、そんな錯覚に囚われる。

（……妾（わたし）？）

フリッツの口から発せられたのは確かに自分の名だった。

壁際に控えていた女官たちがいっせいに悲鳴を上げて、宦官が転がりながら廊下へと駆け出していった。彼らはプロージャ語ができないが、崑崙語のところだけは聞き取れたようだ。

（待って待って待って、そんなこと、いきなり……）

「あ、あの、崑崙語はできないはずでは」

「できないが、移動中に基礎だけ覚えた。……どうやら、その成果はあったようだ」

やっと話が通じて何よりだ、と狼狽える麗月を眺めてフリッツは無駄に満足げだ。

「君がいい。……他に何人、姫がいるのか知らないが、私は麗月がいいんだ」

フリッツの言葉が熱っぽいのか、自分の顔が熱くなっているのか、わからない。

「だ、だって妾は不吉で、結婚など……」

「血筋の正統性を考えれば、姫の中でも皇帝と同母のほうが望ましい。今後の生活を考えればプロージャ語も必須だ。勉強熱心で、健康で体力があるに越したことは……いや、勝手にそこらに走っていかれるのは困るが。あともう少し思慮深く……」

最後は独り言のようにぶつぶつ呟いていた。

その言い草に、この人は本当に求婚する気があるのかと少しだけ冷静になった麗月である。

――君が欲しい。

(だって、妾は一度もそんなこと言われたことがないし、わからない……)

「……それから」

麗月は思わず目をぱちくりとさせる。

目の前のフリッツは黄金の冠を戴いた大公とは思えない、自信なさげな表情だった。

「君がいて、料理を作ってくれる家を想像してみたら、良いなと、思って……」

そこで声は途切れてしまった。

だがどれだけの勇気をもって発せられた言葉なのか、そのくらいは麗月にもわかる。

「……で、でも万歳爺（ワンスイイエ）は『略奪は許さぬ』と仰ってましたから、お許しいただけるかどうか」

「むろん私とて、蛮人のような真似をするつもりはない」

フリッツは麗月を見つめて、

「だから、君の意思を聞かせてほしい。……その、私を、どう思うだろうか？」

以前、柴田中佐にも同じことを訊かれたように思う。

確か、そのときには「優しい人だ」と答えたのだった。今だって崑崙側は事実上、断ることなどできないのに、わざわざ麗月自身の意向を確認しようとしているところは、彼なりの誠実さだろう。

（妾は……）

頭の中をいくつもの言葉がぐるぐる回る。

無意識のうちに身体まで傾いていたらしく、ころんと何かが懐から転がり出た。

「何だ？」

「ええと……よろしければ召し上がります？」

石造りの床から拾い上げたのは、さきほど永祥にも渡した飴である。

「あ、ちゃんとひとつずつ蝋引き紙に包みましたし、汚くはないですからね⁉」

「別にそこらは気にしないが……だが、数が妙に中途半端だな」

「だって哥哥（おにいさま）に差し上げた残りですもの」

フリッツは何か言いたげな顔をしたが、黙って飴玉をひとつ口に放り込んだ。

「……生姜（イングヴェア）か」

「あ⁉ ま、まったくそんな意味はありませんからね、哥哥のために入れただけで！」

「言われずとも、君の忘れっぽさはよく知っている」

フリッツは肩をすくめる。聞き慣れた嫌味に思わず安心してしまった。

「…………」

麗月がもじもじと言葉を探す間、フリッツは何も言わずに口の中で飴玉を転がしている。

――不意に、その表情がふわりと緩んだようだった。

どこか幼いその笑顔は、冷笑と比べれば見かけた回数はずいぶん少ない。けれども時として言葉よりも雄弁なそれは印象的で、麗月もよく覚えている。

「……以前から、たまに思っておりましたけど」

ようやく口を開いた麗月に、フリッツがごくりと息を飲むのが気配でわかる。

「フリッツは案外、お可愛らしいですよね」

とたん、フリッツは激しく咳き込み、うっかり飴玉を飲み込みそうになってまた悶絶していた。

「普段から、もっとそういう顔もなされればよろしいのに」

「だ……大の男が可愛いなどと言われて、嬉しいと思うか⁉」

珍しくムキになって言い返してくるが、その表情もどちらかと言えば子供っぽい。けれども麗月はいつものありがたみのない笑顔より、こちらのほうが良いと思う。

（それなら……）

フリッツがただのプロージャ帝国の大公で、大佐で、全権公使であったなら、こんなに迷いはしなかったと思う。結局、断ることはできなかったかもしれないが、ただの戦利品の公主と成り果てていただろう。

けれどもフリッツがただの冷酷な西洋人でないことを、もう麗月は知っていて——だから、彼の言葉にこんなに心が震えている。

「……プロージャの帝宮（ホーフブルク）の厨房には、烤炉（オーブン）があるのですよね？」

「一度に数百人、下手をすれば千人を超える晩餐会の料理を賄う厨房だからな。私はほとんど立ち入ったことはないが、最新型の機械も何台も備えているはずだ」

「妾（わたし）に、そこを使わせていただけますか？」

「皇帝陛下にも他の伯父たちにも、文句は言わせないと約束しよう」

「……これからも、妾(わたし)の料理をさっきのように食べていただけます？」

「いや、自分がどんな顔をしているのかわからないから、保証はできないが……」

フリッツは少し困った顔をしてから、

「だが、美味いものを食べて誰が文句など言うものか」

麗月は何度か目を瞬かせた。

料理を食べて「美味しい」と言ってもらうために、厨師(チュウシィ)は全身全霊を傾ける。けれど、特にフリッツからその一言を聞いてみたかった。……それはたぶん、最初からずっと彼のことが気になっていたからだ。

フリッツが、祈りを捧げるかのような面持ちで口にする。

「――請嫁給我吧(結婚してくれないか)、麗月」

「Ja, gerne(喜んで), Erzherzog Friedhelm(フリートヘルム大公).」

そして、麗月はふたたび広い世界へと踏み出した。


【了】

主要参考文献一覧

『食在宮廷　中国料理の真髄』愛新覚羅浩著　婦人画報社
『紫禁城の女性たち　中国宮廷文化展』稲畑耕一郎監修　西日本新聞社
『宮廷料理人アントナン・カレーム』イアン・ケリー著／村山彩訳　ランダムハウス講談社
『美味礼讃』ブリア＝サヴァラン著／玉村豊男訳　新潮社
『中国　食の文化史』王仁湘著／鈴木博訳　原書房
『中華料理の文化史』張競著　筑摩書房
『素顔の西太后』徳齢著／井出潤一郎訳　東方書店
『西太后汽車に乗る』徳齢著／井関唯史訳　東方書店
『義和団　中国とヨーロッパ』G.N. スタイガー著／藤岡喜久男訳　光風社出版
『守城の人――明治人　柴五郎大将の生涯』村山兵衛著　潮書房光人新社
『西洋人の見た中国皇帝』矢沢利彦著　東方書店
『西洋人の見た十六～十八世紀の中国女性』矢沢利彦著　東方書店

あとがき

こんにちは、もしくは初めまして。藤春都と申します。

一二三文庫さんは基本的にあとがきを入れないそうなのですが、ないのも寂しいので(笑)お願いして書かせていただいております。あとがきから読む方もいらっしゃるそうなので、少しでも立ち読みからレジに持っていってくださる方がいれば良いなと思って……。


高校の修学旅行で、故宮(旧紫禁城)に行ったことがあります。

中国の歴代皇帝が暮らした城はそれはもう広くて、一直線に突っ切ろうとするだけでもかなり時間がかかった覚えがあります。しかも迷路のようにそこかしこに壁があったり、その壁はどこも色鮮やかなタイルで飾られていたりと、スケールの大きさを思い知らされました。

そしてその故宮には、中国が西洋列強から受けた侵略の痕も残っていました。

銅製の大きな水瓶があったのですが、元々は金メッキで輝いていたのが、義和団事件のときに突入してきた連合軍の兵たちに表面の金を削り取られたままになっているものだそうです。きらびやかな城の中で、生々しい歴史の痕跡を見たような気になったものでした。

　この修学旅行では他にも色々なものを見ましたが、北京や上海の市街地で高校生に自由行動させて「じゃあ＊＊時に天安門広場で集合です」とやったうちの高校は、アバウトなのか剛毅だったのか……（汗）。とりあえず、無事に帰国できてよかったです。

　そんな高校時代の思い出と、大好きな歴史ネタを参考にしつつ、初めての女性主人公で（少年向けジャンルが多かったので）とても楽しく書かせていただきました。それにしても料理ものは読むの大好きなんですが、いざ自分で書いてみると大変でした。資料と称して食べまくっていたので、主に胃が……（笑）。


　そして謝辞を。

　本当に自由に書かせていただき、そしてラブコメ描写には的確かつ厳しい指導をしていただいた担当のYさん。細部まで本当に美麗かつイケメンな表紙を描いてくださったゆき哉さん。中国語の相談に（別社なのに……）乗っていただいたホビージャパンのSさん、いつも原稿を読んで感想をくれる友人、印刷、流通、書店に関わる方々。

　そして、この本を手に取ってくださったあなたに、心からの感謝を！

二〇一九年十一月　藤春都　拝

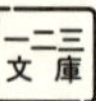

厨娘公主の美食外交録

2019年12月5日　初版第一刷発行

著　者　　藤春都
発行人　　長谷川　洋
発行・発売　株式会社一二三書房
〒102-0072
東京都千代田区一ツ橋2-4-3 光文恒産ビル
03-3265-1881
http://www.hifumi.co.jp/books/
印刷所　　中央精版印刷株式会社

ISBN 978-4-89199-606-2